悪役は恋しちゃダメですか?

葉月クロル

Chlor Haduki Presents

fairy kiss

この作品はフィクションです。
実際の人物・団体・事件などに一切関係ありません。

悪役は恋しちゃダメですか?

fairy kiss

転生していた？

　人生には、いろいろなことがある。そして、自分には起こりえないと思っていたことが、ある日突然起きたりもする。

『通り魔』っていう人がいるのは、テレビや新聞を見て知っていた。現代はストレスが多すぎて、それに耐え切れずぷつんといっちゃう人がいることも、そして不幸な偶然でそんな人に出くわしてしまう人がいることも知っていた。でも、そんな事態に今日、たまたま夏のバーゲンに出かけたわたしが遭《あ》ってしまうなんてことは、夢にも思わなかった。

「うわあああ、俺を見るなあああああっ!!!」

　突然、人込みの中に若い男性の声が響いた。

「何だあいつは」

「ヤバい、あの男、刃物を持ってるぞ！」

「こっちに来るぞ、逃げろ」

「きゃあああああ！」

人々のざわめきの中に、悲鳴が交じる。

「え？　なに？　どうしたの？」

可愛《かわい》いボタニカル柄のワンピースを着たわたしが、なにが起きているのかわからずにきょろきょろしていると、誰かが後ろからぶつかってきてそのまま熱く焼けたアスファルトに倒れてしまった。

「いったあい！　……もう、サイテー」

ぶつかった相手はよほど慌てていたのか、とっくにどこかに消えてしまっていた。倒れた時に腰を打ってしまったわたしは痛みをこらえながらゆっくりと身体《からだ》を起こし、周りに散らばった荷物を集めようとした。

「あぶない！」

「いやあああ、逃げてーっ！」

暑い暑い夏だった。

太陽を遮る物などなにもない歩行者天国なのに、わたしの上に真っ黒な影ができた。

「え……」

その人の顔を、わたしはなぜか覚えていない。

「俺は悪くないんだああああああああああ」

黒い人がお腹《なか》にぶつかってきた。

せっかく起こした身体がまた倒れ、お腹が酷《ひど》く熱くなった。

熱い。焼けたアスファルトで背中が熱い。そして、お腹が熱い。

「あ……つい……」

仰向けに倒れて動けないわたしを、太陽がじりじりと焼いている。周りでたくさんの叫び声が弾《はじ》け、そして段々遠くなっていく。

おかしいな、今度は寒くなってきたよ。

「ママ……さむい……おなか……いたい……」

（バーゲンで買った夏服、着ないうちに夏が終わっちゃうね……）

まぶたが自然に閉じていき、太陽が見えなくなった。そして、平凡な女子高生だったわたしは十六歳の若さで人生の幕を閉じたのだった。


「ミレーヌ様！」

女の子の声がした。

気がつくと、わたしはお腹を押さえてうずくまるような格好で床に倒れていた。

「夏が……終わったの……え？」

わたしは呟《つぶや》き、自分がなぜここにいるのかわからず、ゆっくりと床に手をつき身体を起こした。

「ここは……」

どうやらフローリングの床に倒れていたようだ。そして、ここは廊下らしい。

「ミレーヌ様、急にお倒れになったりして、大丈夫ですか？」

「……ええ、大丈夫よ」

わたしは心配して抱き起こそうとしてくれている女の子に言った。

「大丈夫。ええと、立ちくらみを起こしたみたいね。よくあることだわ」

心臓をドキドキさせながら、平静を装って言った。

「あの、ミレーヌ様、夏はこれからですのよ。もう少しでサマーパーティーですもの」

先ほどの呟きを聞いていたらしい女の子が、心配げに言った。

「そうね、そうだったわ。お気になさらないで」

「そんなことをおっしゃるなんて、まさか、先程頭をお打ちになったの？　ああ、どういたしましょう」

「もしかすると、魔力が暴走なさっている影響なのかしら？　ミレーヌ様は強い魔力を持っていらっしゃるから……」

「救護室へお連れした方がよろしくて？」

「ミレーヌ様の従者はどちらかしら」

数名の女の子が口々に言い、わたしを心配そうに見ている。女の子……お揃《そろ》いの制服を着た、お上品そうな令嬢たちだ。皆髪が長く、編んだり結んだり思い思いの髪型をしている。

ミレーヌ。うん。それはわたしの名前ね。

え？　ちょっと待って。

わたしは日本の女子高生のはずだけど。

……じゃないわ。日本での生活の記憶は夢か幻にすぎないわ。だってわたしはミレーヌだもの。

それならば、今の幻はなに？　まるで本当にあったことのようにリアルだったわ。

違う、幻ではないわ。あれは前世の記憶よ。思い出したわ、わたしは遠い昔、ミレーヌとして生まれる前は、日本という国の女子高生だったんだ。

ああ、どうして今まで忘れていたんだろう！

わたしは震える肩を抱きしめた。

しっかりなさい、ミレーヌ！　未来の王妃が無様な姿を晒《さら》してはならないわ。

そうよ、今のわたしはミレーヌ。この国の王太子の婚約者であり、次期王妃なのだ……ええっ、王妃？

わたしが？

そして、婚約？

「痛い……」

何が何だかわからなくて、考えがうまくまとまらない。記憶の混乱が頭痛を招き、額に片手を当てて呟いた。

わたしは強い魔力を持つ……そうだ、この世界には魔法があるんだったわ。魔法で何とかしてみよう……。

『癒やしの雫《ヒーリングドロップ》』

簡単な回復魔法を展開して自分にかけ、精神的な負担を軽くしながら記憶を素早く整理した。幼い頃から様々な王妃教育を受けてきたわたしは、とっさの場面での対処法も身体に叩《たた》き込んであったから、普通はケガを治すために使う回復魔法において、こんな応用もできるのだ。

身体がグリーンの光で包まれ、気分がすっきりした。そして、自分の置かれた状況が理解できたので、『ミレーヌ』として適切な行動がなにか、理解した。

わたしは心配げな少女たちに向かってにっこりと笑って言った。

「……大丈夫ですわ、皆様。ご心配をおかけしてごめんなさい。急に立ちくらみがしてしまいましたの。どうやらまた魔力が暴走してしまったみたい」

続いて「お恥ずかしい姿をお見せしてしまったわ」と頬を押さえて首を傾げてから、何事もなかったかのように立ち上がり、スカートを整えた。

「そうだわ、昨夜は遅くまで新しい術式の研究をしていたから、わたくしとしたことがきっと寝不足になっているのね。反省して、今後は気をつけなくては」

言い訳をしながら、辺りを見回す。

「まあ、さすがはミレーヌ様ですわね。ミレーヌ様が手を入れられた術式は、簡単なのに威力が上昇するという素晴らしいものになるんですもの」

「でもご無理をなさってはいやですわ。急に倒れたミレーヌ様の姿を見て、心の臓が止まるかと思いました」

「驚かせてしまってごめんなさいね。皆様、ありがとう」

わたしがお礼を言うと「まあ！　先程からミレーヌ様が優しく微笑《ほほえ》まれてらっしゃって……」

「元々がお綺麗《きれい》な方だから、あのような愛らしいお顔をなさると、見ているわたくしの胸がきゅっとしてしまいますわ」という囁《ささや》きが取り巻きの令嬢たちから漏れた。

あ、しまった。今までのわたしはこんな表情を見せたりしなかったわよね。女子高生だったわたしは気さくな一般人だったから、そのことを思い出してしまった今は、『ミレーヌ』だけど以前の『ミレーヌ』じゃない存在になっているみたい。振る舞いに気をつけなくっちゃ。

内心で冷や汗をかきながら、顎《あご》をつんと振り立てて「先程のことはお忘れになってくださいませ」とことさら強めに言って、いつもの『ミレーヌらしさ』を取り繕《つくろ》った。

その間もわたしの脳内では、パズルのピースがはまっていくかのように、蘇《よみがえ》った前世の記憶が今世の記憶と統合し続けていた。

今のわたしの名はミレーヌ・イェルバン。イェルバン公爵家の娘だ。

黒い巻き毛に黒い瞳の、ちょっとキツイ感じだけど美人の範疇《はんちゅう》に入る少女。そして、ファンタジーっぽいこの剣と魔法の世界にある、ゼールデン王立学園の一年生なのだ。

「このようなことは何でもございませんわ。さあ皆様、行きましょう」

わたしは取り巻きの令嬢の顔を見回して、いつものように『わたくしは未来の王妃でございますのよ』と言わんばかりに偉そうに悠然と笑う。

ああ、我ながらふてぶてしい態度だわ。『俺様ミレーヌ様』ってところね。

ちょっと高飛車な笑みを浮かべて上品に足を進めているけれど、頭の中ではセルフ突っ込みを入れてしまう。

今のわたしは、前世の基準からするとかなり難ありなキャラなのだ。高い身分を笠に着て学園内に取り巻きを作り、ちやほやされることを当然だと思っている。まあ、高いプライドに見合う厳しい次期王妃としての教育を幼い頃から受けて、それをみんなに認められてはいるけれど、わたしの場合はちょっと上から目線すぎじゃないかと思うのよ。

今まではそれが当たり前のことだと思い上がっていたけれど、前世の記憶が加わった今では冷静に自分を見ることができる。言うなればわたしは、悪役令嬢っていう役どころである。高い身分にこの性格だから、どうやら腹を割って話せるような本当の友達はいないみたいだし、使用人たちにもあまりよく思われていない。そして、それを許すことができずにまた嫌な奴《やつ》になり、という悪いスパイラルにはまっていたようだ。もともとの性格は同じなのに、環境が違うとこうも変わって育つものなのね。

あーあ、と、わたしはため息をついた。

せっかく生まれ変わったのなら、もうちょっと早く前世の記憶が戻っていればよかったのに。そうしたら、高飛車なお姫様テイストが一般ピープルテイストで薄まって、もうちょっと生きやすい感じのお姫様になれたのに。こんな鼻持ちならない悪役令嬢タイプじゃ、わたしだってお友達になりたくないわ。何とか今から軌道修正できないかな?

でもね、突然前世の記憶が戻ったというのにあっという間に状況に適応して、割と平然としていられるのは、『ミレーヌ』の強さのおかげなのだから、それは評価していいと思うの。適切な回復魔法をとっさに使えたのも、うろたえないで自分らしく振る舞えているのも、『ミレーヌ』が普段から行《おこな》ってきた努力の表れなんだもの。そう、『ミレーヌ』は確かに悪役令嬢キャラクターだけど、勉強然《しか》り、魔法然り、王妃になるために陰で相当の努力をしているがんばり屋の女の子なのだ。

うん、わたしってやればできる子だったんだね。

他人に弱いところを見せない、かなりの意地っ張りさんだけどね！

そんなことを考え、さてさて『ネオ・ミレーヌ』となったわたしが自然に生きていくにはどうしたらよいものかと思案しつつ歩いていると、曲がり角で何人かの男子生徒に出くわした。

「あら、失礼いたしました」

熱心に考えていたため、ろくに相手の顔も見ずに道を譲《ゆず》ろうと脇にどくと。

「あぁミレーヌか。……何だ、そんなにぼんやりした顔をして。まさか、またろくでもないことを企《たくら》んでいるんじゃないだろうな。お前が他人に道を譲るところなど初めて見たぞ」

少し不機嫌そうな声が上から降ってきた。人聞きの悪いことを出会い頭に言われたわたしは、むっとした顔を上げ、だいぶ背の高そうな声の主をつんと睨《にら》みつけようとした。それが今までのミレーヌのキャラに相応《ふさわ》しい行動だと思ったからだ。

前世の記憶が蘇って『ネオ・ミレーヌ』になる変化はゆっくりとしなくちゃ。急に性格が変わったら、不自然に思われてしまうものね。

その瞬間、目の前の顔を見て息を呑んだ。

「なっ……!?」

輝く金の髪に深いブルーの瞳で、眉根を寄せながらこちらを見ているのは、この世の者とは思えない麗《うるわ》しい青年だったのだ。

彼こそが、レンドール第一王子、わたしのふたつ年上の婚約者だ。

「やば……この人、マジかっこいいんですけど……」

小さく声を漏らしながら、わたしは鼻血が出ないように両手で鼻を押さえた。

これがミレーヌの婚約者……婚約者！　マジか！

こんな、この世の者とも思えないほどの美形が、見ているとと腰が抜けそうになるくらいのイケメンが、わたしの婚約者なわけ⁉

ちょっとしかめた顔をしているというのに充分かっこしいし！　むしろ、ニヒルな感じがして超かっこいいし！　でも、笑顔を見せられたらそれはそれでこっちの足腰が砕けて残念な結果になるよ、もう間違いないよ！

髪の毛、サラッサラ！　でもって、キラッキラ！

うわー、睫毛《まつげ》なっが！　くっきり二重で切れ長で、宝石みたいなブルー、サファイヤブルーの目をしてるううう！

これは本当に人間なの？　それとも、イケメン生き人形なの？

やばい、やばい、これはマジヤバい！　ちょっと待って、落ち着けわたし！

ミレーヌさんミレーヌさん、こんな生き物と結婚するつもりだったの？

うえええええーっ、マジで？

こんなキラキラした人と……いや、無理。無理だわこれ、超無理ゲー。不可能。キャパオーバー。

触るどころか直視できないでしょう、普通の精神じゃ。

ああ、わかった、こんなものと婚約してるからミレーヌの精神力はめっちゃ強いのね、なるほど了解了解♡

って、今のわたしは前世のわたしが混ざってるから、その精神力が半減してるんですけどおおおおおお！

しかも今、イケメンに興奮してるせいか、ミレーヌがどこかに吹っ飛んじゃったんですけどおおおおおお！

パニックに陥り絶句しているわたしの前で、彼はものも言わず、長い金髪をさらりとかき上げる。金糸のようなそれは美しく整った顔の周りで光をきらめかせ、彼をまるで天の使いのように高貴な雰囲気にする。麗しの王子は、すらりと高い背に長い脚を持ち、かっちりしたデザインの学園の制服をまるでファッションモデルのようにかっこよく着こなしている。首から肩へのラインも完璧に美しく、背中から白い羽が生えていないのが不思議なくらいだ。

わたしは両手で鼻を押さえたまま火照《ほて》る顔で彼の顔をうっとりと見つめ、はっとする。

ヤバい。

これはヤバいやつだ。大ピンチだ。このイケメンはわたしのツボすぎる。

あまりの衝撃で、いつものミレーヌらしい行動をとれそうもない。

そう、本来のミレーヌならここで黄色い声を上げて、彼に媚《こ》びて媚びて、そりゃあもう、鬱陶《うっとう》しいほどレンドール王子にまとわりつくはずだけど……こんなキラキラしたものにまとわりつけるか！　触ったら爆発するわ！

ああミレーヌ、あなたはすごい、たいしたお姫さまだったよ。うん、見くびってたわ。

こんなかっこいい人間離れした存在に真っ向から話しかけるなんて、わたしには無理です、はい終了。

わたしは耳まで赤くなっていることを感じながら、そうっとそうっと後ずさりをしていく。

これは勇気ある撤退であって、決して負けではないのだ。レンドール王子の攻略は、じっくりと作戦を練ってからまた後日に……。

「……おい」

「ひっ」

くるっと方向転換をして何とか逃げ出そうとしたわたしの前に、素早い身のこなしでレンドール王子が回り込んだ。

「おいと言っているんだ！」

「いやあああ、わたくし、ただいま少々取り込んでおりますのでっ、ご用のほどはのちほど改めてということでお願い……」

「ミレーヌ！」

「ひぎゃあっ！」

気がつくと、レンドールの顔がすぐ近くに下りてきていて、おまけにわたしの右肩を彼の骨張った大きな手ががっしりと摑《つか》んだものだから、思わずしっぽを踏まれた猫のような声を出してしまった。

「『ひぎゃあ』だと？　お前、いったいどこから声を出しているんだ？」

麗しの王子様が言った。おっしゃった。おおせになられた。

ああダメだ、脳内がファンタジーイルミネーションパレードになっていく！

「え、あ、すいません、あのってうわあああああちょっと待ってえええええええ！」

「……顔が真っ赤だぞ。いつものお前らしくないな」

王子様が、その青く澄んだ瞳でわたしの顔を覗き込んだ。

うわあああ、これ、すごく近い！

顔、近いよ！

恥ずかしながら男性への免疫がない（年齢イコール彼氏いない歴でしたが、なにか？）わたしは、やたらとキラキラしたイケメンの接近に対応できずパニックになる。

「ちょ、手、肩の、手！　うわあ、手までイケメン！　破壊力ハンパねえっ！」

ちょっとゴツめの大きな手が、わたしの肩を摑んでいる。

イケメンの体温、キターーーーーーッ！

「ミレーヌ、さっきから様子がおかしいな。いったいなにを企んでいるんだ？　この俺に言えないようなことか？」

きゃあああ、声までイケてるううう、耳元で囁くのはやめて、マジ腰抜けるわ！

脅《おど》すように低めた声が身体の芯まで響いてきますね、はい、スマホで録音しておいて後でゆっくり聞きたいと思いますが残念ながらこの世界にはそんなものないようなので、諦めてこれで失礼いたしますね！

震える指で王子の制服の袖を摘《つま》み上げ、そっとその手を肩から外そうとしたら、今度は両手でこちらの手をがしっと掴まれてしまった。

「逃がさない。今度はなにをしようとしているんだ、ミレーヌ？」

ひいいいい、やめて！

さらに顔を近づけるのは止《よ》して！

「いやいやいやないです何にもないんで離れてくださいお願いしますーっ！」

「うん？　ミレーヌ、なにをそんなに脅《おび》えているんだ？　しかも、この俺から離れたいなどと言うとはお前らしくないぞ」

掴んだ手がぶるぶる震えているのに気づいたレンドール王子は、いぶかしげに言った。

「いいえ気のせいです、わたくしはミレーヌ・イエルバン、確かにミレーヌ・イエルバンでございますので」

視線を逸《そ》らしながらわたしは身をよじり、後ろへ逃げ出そうとして、残念なことに壁にぶつかった。

なんでこんな所に壁があるのよ！

壁、邪魔！

レンドール王子の手から解放されてほっとしたのもつかの間、背中を壁に預けてしまったわたしの顔の両側にレンドール王子が手をついてきて逃げ道を塞がれた。

「ひいいっ！」

こっ、これは壁ドン？

人生最初の壁ドン、ときめくはずの乙女の憧れの壁ドンなのに、もっのすごく怖いのはなぜなんでしょう？

レンドール王子は、その秀麗な顔に冷たい笑みを浮かべて言った。

「ミレーヌ、いつもなら擦《す》り寄ってくるお前が俺から逃げ出そうとするなんて、心になにかやましいことがあるからじゃないのか？」

「そ、そんなこと」

違いますす違いますす全然違いますすっ、あなたの麗しいビジュアルにわたしの心臓が耐えられないからです！

口に出せないので内心で絶叫する。

どうしよう、わたし、これ以上がんばれないよ。誰かお願い、壁ドンの檻《おり》から出して……。

助けを求めて目を泳がせると、わたしたちの様子を「きゃあ」と言いながら頰を染めて見守るだけで何にも役に立たない取り巻きのお嬢様方が見えるだけ。

うわあ、大接近中の王子様からなにやら花の香りが漂ってきますよ。

さすがやんごとなきお方、匂いまでいいんですね……って、わたしは変態おやじですか！

もう無理ですー。

前世の性格が混ざってしまい、以前よりもヘタレな『ネオ・ミレーヌ』になってしまったわたしは涙目になり、プルプルと顔を横に振った。

「わ、わた、くし、なに、も、なにも、して、……」

横に振った勢いで、涙が溢れ出してきてしまった。

「ふ、ふぇっ、なにも……」

「え？　ミレーヌ、お前は……」

目の前の瞳が見開かれ、『信じられない』といった感じの声がした。

「あ、レンドール……女の子を泣かせてる……その子、可愛いな……」

その時、王子と一緒にいた男性が声を発した。

男性……だよね？

肩まであるストレートのプラチナブロンドに水色の瞳の、何だか表情の乏しい中性的な人だ。

そして、男なのにえらい美人だ。言うなれば、妖精の国の王子様という雰囲気の美形男性である。

誰なんだろう？

こんな綺麗な人なら絶対知っているはずなのに、ミレーヌの記憶にはないみたい。

「ケイン、人聞き悪いことを言うな。こいつはな、これくらいのことで泣くような殊勝な人間ではないんだ」

王子は美人を睨むと、またわたしに視線を戻す。

「そうだな、ミレーヌ・イェルバン……は？　本当に泣いてる、だと？　あの厳しい城の教師たちの前でも決して泣かなかったお前が……」

わたしは唇を噛んで、上目遣いに彼を見た。

青い瞳が、信じられないものを見ているかのように揺れる。

「確かに……涙……」

彼の指がわたしの頬に触れ、そっと涙を拭った。

「ミレーヌ？　……くっ」

レンドール王子は、はっとした表情で指を引き、目元を赤くして、わたしを囲っていた腕を壁から離した。そのまま顔を逸らし、片手で口元を覆いながら吐き捨てるように言う。

「お前がそんな様子では、俺の調子が狂うではないか！」

「え？　レンドール王子殿下？」

なぜかそっぽを見ながら顔を赤くする王子を見てそう呟くと、「よそよそしい呼び方をするな！」と叱られてしまった。

と、その時。

「殿下ーっ」

遠くの方から女子生徒の声がして、足音が近づいてきた。

「こちらにいらっしゃったのですね、探しちゃいました。……あれ、どうかしましたか？　わ、ミレーヌ・イエルバン！」

やってきたのは、ふわふわした金の巻き毛に人として有り得ないピンクの瞳をした、可愛らしい女の子だった。わたしの顔を見ると、Ｇのつく黒い虫でも見たような顔をして後ずさる。

ううむ、失礼なお嬢さんだわね。

不穏な雰囲気を感じたのか、レンドール王子が言った。

「メイリィ、なにか変わったことはなかったか？　またミレーヌの嫌がらせに遭ったとか」

「いいえ、別になにもありませんけど」

「……そうか」

そうだわ、この子はメイリィ・フォード！

レンドール王子に近づいてくる平民の女子生徒で、強い魔力を持っていて、そしてミレーヌがせっせと意地悪をして学園から追い出そうとしている相手で……。

ええっ、そんなまさか。でも……もしかして、やっぱり。

この子、乙女ゲーム『恋のミラクルまじっく！』のヒロインじゃないの⁉

わたしはもう一度、その場にへたり込みたくなった。


どうやら、日本でプレイしていた乙女ゲームの世界の悪役令嬢に転生してしまったらしい。

学生寮とは思えない豪華な部屋のベッドに横たわり、わたしはため息をついた。

わたしの役どころは、攻略対象のひとりであるレンドール第一王子の婚約者であり、次期王妃候補の貴族の令嬢、ミレーヌ・イェルバンである。そして、学園に入学してきたヒロインであるメイリィ・フォードをいじめまくり、最後には王子の逆鱗《げきりん》に触れ、学園から追放されてしまうのだ。王子の結婚相手にはメイリィが収まり、めでたしめでたし。

「いや、全然めでたくないし！　ゲームの通りだとすると、王子に嫌われたわたしはろくな縁談もなく、家も落ちぶれ、最後は路頭に迷うのよ！　冗談じゃないわ……」

今までの努力は何だったの、血の滲《にじ》むような王妃教育の日々は！

うう……仕方がない、王妃なんかにならなくていいから、せめてまともな暮らしがしたい。平民になって、地道に働いてもいい。野垂《のた》れ死ぬのは嫌だ。それだけはぜひとも避けたい。

「どうしよう……やっぱり、今すぐ婚約を解消してもらおうかな。それが一番いいわ」

そうすればわたしはメイリィをいじめる必要がなくなるから、今後王子から嫌われることもないだろうしね。

正直言って、レンドール王子と結婚したい気持ちはある。だって、幼い時からわたし……ミレーヌは彼のことが大好きだった。それに、何といっても、レンドール王子はかっこいい。前世のわたしもレンドール王子狙いでこのゲームを攻略していたくらいだから、彼のこの世の者とは思えないくらいのかっこよさにはクラクラするくらい惹《ひ》かれているのだ。

でも、どうせ結ばれない運命ならば諦めて潔く身を引こう。そう、手遅れにならないうちにね。

あんなに近くで本物のレンドール王子を見ることができたのだ。しかも、ゲームでは決して感じられない匂いまで嗅いじゃって、さらに大サービスで壁ドンまでしてもらっちゃったのだ！

うん、イケメンを堪能させてもらったし、もう悔いはないわ。だから、ふたりにはとっととくっついてもらおう。そしてわたしは学園にいるうちに勉強や魔法をがんばって、いろんなスキルをがっつりと身につけて、万が一生涯独身で暮らすことになっても困らないように、自立した女性になっておこう。

それに、断罪されて婚約破棄されるよりも、今のうちに穏便に婚約解消しておく方が、他の貴族とのいい縁談がやってくる可能性が上がるに違いないしね。

今までお妃教育をがんばって、いろいろな教養を身につけているし、わたしって結構お買い得な姫君じゃない？

あ、何だかわたし、幸せになれそうな気がしてきたわ。

よし、そうしよう！

ベッドから起き上がり、わたしは父宛てにレンドール王子との婚約解消をお願いする手紙を書いた。


『却下』

うわーん、お父様酷い！

一言ってどういうこと⁉

返ってきた手紙に、わたしは泣いた。

追放されるの嫌ーっ！

路頭に迷うの嫌ーっ！

「まったく、うちのお嬢様はなにを考えているんだか。当たり前でしょう。だいたい第一王子とどうしても結婚したいって散々駄々こねて、旦那様に無理矢理婚約を取り付けてもらったんでしょう。

なにを今更婚約破棄などと世迷《よま》い言を言っちゃってるんですか」

頭の上から、呆《あき》れたような冷たい言葉が降ってきた。

そうでした。

レンドール王子のことが大好きなミレーヌのわがままで取り付けた婚約を、お父様が娘のためにうんとがんばって根回しして取り付けた婚約を、王家の会議まで開かれて調《ととの》ったこの婚約を、気が変わったからと簡単に破棄できるわけがなかったのでした。

「はいお嬢様起きてー。殿下に燃え上がりすぎて、お嬢様の頭の中はちょっと腐ってしまったのでしょうかね。あ、燃えたから灰になったのか」

ベッドに倒れ伏したわたしの襟首を猫のように掴み上げて起こし、耳の痛いことを言いながら淡々とわたしの仕度をするのは、従者兼ボディガードのライディだ。

ちなみに、一緒に学園に付いてきた侍女のエルダも、「そうですわね、かなり腐ってきちゃってますね。灰になって吹き飛んじゃってますね」と失礼な相づちを打ちながら隣でせっせとお茶を入れている。

「何だかんだ言いながらお嬢様は学園の成績もいいし、勉強もダンスも刺繍《ししゅう》もがんばっているし、性格の悪さはどうにもならないにしても次期王妃候補としていい感じじゃないですか。なにが不満なんですか?」

少しグリーンがかった銀の髪に緑の瞳をした、けしからんことにわたしよりも目立つビジュアルのライディが言った。前世の記憶が戻り、初めて彼を見た時には正直胸がどきんとときめいてしまったけれど、その後のいじめっ子ぶりに違った意味で胸がずきんずきんと痛み、今では『無駄にイケメンなドS従者』としか思えない存在になった。

ふんふん、どうせわたしは悪役よ！

地味な黒目黒髪ですいませんね！

この世界は乙女ゲーム仕様なだけあって、男性も女性も皆顔かたちが整っているのだが、ライディはもしかしたら隠し攻略対象キャラだったのか、腹が立つほどイケメンなのだ。

レンドール王子も、プラチナブロンドの妖精系美人のケイン王子（正体不明だった美青年は、最近この学園に編入した隣国エルスタンの王子だった）も攻略対象なので、際立った美貌をしている。

わたしは安定の無駄イケメンである従者に言った。

「えっとね、わたしにはちょっと荷が重いかなーっ、なんて思ったのよね」

「どこがですか？　今のところお嬢様は、貴族令嬢の中で断トツで相応しいじゃないですか」

「いや、あのね、レンドール様のキラキラしさに慣れないというか」

「そこが好きなんでしょう？」

イケメン従者は心底呆れた声で言った。これは絶対に主人に対する態度じゃないわね。

「お嬢様、やっぱり学校で頭を打ったか、拾い食いでもしてお腹を壊したかしたんじゃないですか？　この間から変ですよ。まるで別人になったような違和感がありありなんですが」

疑わしげに見てくるライディに、わたしはぶんぶん手を振りながら「べ、別人なんて、そんなわけないでしょう、この唯一無二の完璧王妃候補のミレーヌ・イェルバンに向かってなにを言うのよ！」と声を張り上げた。

「ええとね、思ったんだけどね。一生寄り添って暮らす結婚相手って、見た目ではなく、こう、和《なご》めるっていうか、心安らげるっていうか、リラックスできる人がいいかなと思うようになったのよねー。わたしも考え方が大人になったのかしら」

おほほ、と笑ってみせると、失礼従者は呆れ顔で「ギラギラむんむんしていたのが、いきなり枯れたんですか？　お嬢様、『適度』という言葉を知ってます？」と言った。そんな顔でも無駄にイケメンなのが誠に腹立たしい。

「そ、そうよ。わたくしは穏やかに和やかに暮らしたいの」

「ミレーヌ・イエルバンが？　和やか？」

こくこくと頷《うなず》いていると、ライディの顔が近づいてきた。

「な、なによ？」

「じゃあ、俺なんかお嬢様の理想の夫にちょうどいいですね」

「はいいー？」

ライディのどこが理想の夫なわけ？　こんな男と穏やかな気持ちで暮らせるわけがないでしょうが。

でもって、そんなに近づかないで！　顔『だけ』は本当にいいんだから、無駄にドキドキしちゃうでしょ！

びっくりして身を引くわたしの両肩を掴んで、ちょっとうさんくさいくらいに優しく笑いながらライディが言う。

「ほら、お嬢様が幼い頃からずっと一緒の俺ならば、心安らげるでしょ？　お嬢様の好みを知り尽くし、非常識なほどわがままなお嬢様にどんなつまらないわがままを言われても動じないこの俺なんか、お嬢さまの結婚相手に最適ですよ」

「さりげなく主《あるじ》をディスってるわよ、失礼従者！」

「お嬢様のことをたくさん甘やかして、時々はお尻を叩いてお仕置きして差し上げましょう。いかがですか？　たっぷりと可愛がってあげますよ」

「な、おし、おしりって、なっ」

目の前に迫る、エメラルドのように輝く瞳。男らしく整った顔。ほんの少し唇に浮かべた冷たい笑み。大きな手がわたしの肩を徐々に引き寄せ、その美貌を近づけてくる。

元のミレーヌなら冷たく一喝する。

使用人のくせに、未来の王妃に向かって何たる無礼を、って。

平手で張り倒すかもしれない。

でも。

できないーっ！

だから、わたしには男性への免疫がないんだってば！

さすが乙女ゲーム、従者に過ぎないライディまで超絶美形なんだもん！

「いやあああああああ！　ライディのバカ！　もう、婚約解消を頼むのは、やめさせていただきますわっ！」

「あ、顔が真っ赤……」

　ぎゅっと目をつぶって固まっていると、ライディはくすりと笑って指先でわたしの頬をつつきながら言った。

「お嬢様、本当に雰囲気が変わりましたね。……そう、今のお嬢様はとても可愛らしいですよ。うっかりペット……嫁にしてもいいかなと思ってしまうくらいにね」

　そしてあんたは黒いわよ、ライディ！

　その『可愛らしい』に込められた、わたしを馬鹿にするニュアンスはなに？

『可愛らしい』に謝れ！

　そして人をペット扱いするな！

　わたしはがくっと肩を落とした。

　そしてエルダ、使用人のくせに主人を鼻で笑うのはやめなさい！


「おっ、お話がございますの」

　教室からレンドール王子を呼び出して人気《ひとけ》のない所に行ったわたしは、意識して斜め下を見ながら言った。

　うん、なるべく顔は見ないでおこう。

　いろいろと辛《つら》いから。

「何だ？」

尊大に返事をするレンドール王子。明らかに迷惑そうな様子を隠そうともしない。

ミレーヌはよっぽど嫌われているのね。

父が婚約解消をしてくれないとしたら、あとはレンドール王子本人にしてもらうしかない。ふたりで声を揃えて訴えれば、きっと受け入れられるはず。

「わ、わたくしと」

「わかっている」

「はい？」

うっかり視線を上げてしまい、キラキラした顔を見て動悸《どうき》が激しくなったわたしは、赤くなった顔を慌てて伏せた。

「学園のダンスパーティーに一緒に行けというのだろう？　仮にも婚約者なのだから、不本意だが連れていく」

わたしはぽかんと口を開けた。

「用事はそれだけか？　ならばこれで」

「ダンスパーティー……いえ、違います」

踵《きびす》を返し、そのままその場を去ってしまいそうなレンドール王子の腕にしがみつく。すると王子はわたしを見下ろして目を合わせると、なぜか頬を赤くしてふっと視線を逸らした。

「な、馴《な》れ馴れしいぞ！　学校でこのように密着するとは……」

「あ、申し訳ございません」

わたしはぱっと手を離し、でも逃がさないように制服の裾を摑んだ。

「どうか話をお聞きくださいませ」

「いや、俺には特に話すことなど……まあ、お前がどうしてもと言うのなら」

「婚約を、解消していただきたいのでございます」

一瞬、レンドール王子が息を呑んだ。そして、地を這《は》うような恐ろしい声を出した。

「何だと……ミレーヌ、どう、いうことだ？　解消だと？　この婚約話はお前が強く要求して、公爵のごり押しで決まったようなものだろう。それを今さら解消とは……さてはお前」

「きゃっ」

レンドール王子の手がわたしの顎を摑み、くいっと上を向かせたので、悲鳴を上げてしまう。

「正直に言ってみろ。お前、誰か好きな男ができたのか？」

「は、はあああああああ？」

ちょっとちょっと、何でそうなるの？

「滅相もございませんわ。むしろ、好きな方がいらっしゃるのは……殿下の方、でしょう？」

わたしは吸い込まれそうな深いブルーの瞳を見つめた。

あなたが好きなのは、可愛いメイリィ・フォードなのでしょう？

わたしがいくらあなたを思っても、婚約者だと言い張っても、あなたは一生わたしを愛することなどないんですよね。

……ああ、わたしは本当にレンドール王子が大好きなんだわ。ずっと彼の隣にいられたらよかったのに。

「レンドール様がお好きなのは、わ、わたくしではないって、わかっておりますの」

口に出してしまったら、ほら、もう涙がこぼれそうになる。

「レンドール様が本当に結婚したいのは、メイリィ・フォードだということはわたくし、とっくにわかっておりました。わかっていたけれど、諦められなくて……でもいいんです、もうわたくしは」

「ミレーヌ、なにを言っているのだ」

「お願い、もうなにもおっしゃらないで！　わたくしの心をこれ以上傷つけないでくださいませ。ええ、わかっておりました。こんな日が来ることがわかっていて、それでも諦め切れなくてあがいていた愚《おろ》かなわたくしをお笑いくださいませ。メイリィ・フォードは平民ですが、魔力も強いし、頭もいいし、王妃としての教養もすぐに身に付きますわ。それになにより、こ、こんな可愛いげのないわたくしなどより、ずっと、ずっと、メイリィの方が……」

レンドール様、大好きでした。だから、あなたに嫌われたくなかったのです。

できることなら好きになってほしかった。

けれど、それが叶《かな》わないというのなら、手遅れになる前に、お前など死んでしまえと憎まれる前に、あなたの前から消えてしまいたいのです。

わたしはぽろぽろと涙をこぼしながら言った。

「レンドール様、さようなら。わたくしはあなたのことが、本当に好きだったのです……心から殿下の幸せをお祈り申し上げます」

「ミレーヌ……お前はなにをひとりで勘違いして」

わたしは制服のスカートを持ち上げ、精一杯の笑顔で淑女の礼をすると、身を翻《ひるがえ》した。

「待て！　ミレーヌ」

伸ばされたレンドール王子の手をすり抜け、そのまま立ち去ろうとしたわたしの前に、ひとりの美青年が立ちはだかった。

「レンドール……またこの子を泣かせて……」

プラチナブロンドの美人、ケイン王子だった。

「いいところに来た！　ケイン、ミレーヌを捕まえていてくれ」

「いいけど……」

「きゃ、お離しください」

わたしは、他国から留学してきているという、人間離れした美形と評判の麗しいケイン王子に抱きしめられてしまった。しかも、なぜか頭にすりすりと頬ずりまでされている。

「……うん……いい子……」

「おいケイン、そこまでしろとは言っていない。でもまあ、助かった。さあ、ミレーヌをこっちに渡してくれ……ケイン？」

伸ばしたレンドール様の手を避けるように、わたしを抱えたケイン王子は後ろに下がった。

「渡さないよ。この子は僕が貰《もら》うことにするから」

「何だと⁉」

「ひゃあっ」

さらさら銀髪にアイスブルーの瞳をした美人が腕の中のわたしをぎゅううっと抱きしめたので、思わず淑女らしからぬ変な声を出してしまった。

「ケイン様、ご無体はおよしになって！　この腕を離してくださいませ」

美人とはいえ、一人前の男性であるケイン王子の腕はたくましく、わたしはじたばたと暴れたものの逃げ出すことができなかった。

「いやあ、離して、ケイン様ーっ！」

「ダメ。離さない。レンドールはこの子を泣かしてばかり。僕なら泣かさない。ねえミレーヌ、僕の国、エルスタンへおいで。そして僕の隣で笑っているといい」

え、ケイン様の国？　そんなこと、突然申し出られても困るわよ。

「駄目だ！　ミレーヌはこの国の王妃になると決まっているのだ！」

予想外なことに、ケイン様の言葉を聞いたレンドール王子は血相を変えて大きな声を出した。

わたしはいらない子じゃなかったの？

「でもレンドールのことを嫌がっているよ。いつも泣かされてかわいそうだ。黒い瞳に黒い髪をして、こんなに可愛いのに。僕ならいつでも優しくしてあげるよ？　ね？」

ええっ、美人さんに可愛いって言われちゃった？

「ミレーヌ、いい子だから僕と行こう」

「ひっ」

人外レベルの美貌が目の前に迫り、わたしは小さな悲鳴を上げてしまう。

うわ、この男性は綺麗すぎる。お肌は白くすべすべで、銀の長い睫毛に縁取られた淡い水色の瞳は氷の結晶のようだし、整った唇にほんのりと笑みを浮かべられた日にはもう、あまりの美しさに頭の中が真っ白になりそうで……。

「ケイン、離せ！　これは俺のものだ！」

レンドール王子がケイン王子の手から無理矢理わたしを取り上げ、渡すものかとばかりに抱え込んだ。

「ひゃっ」

さっきから奇声を発してしまっているが、これは仕方がないのだ。すべてふたりがイケメンすぎるのが悪いのだ。

それにしてもちょっと何なの、この展開は！

謎の美人さんの手から無理矢理引きはがされ、今度はレンドール王子にぎゅうううっと抱き込まれて、わたしは大パニックである。

「ミレーヌはこの国の王妃になるために、今まで勉強をしてきたのだ。それを横からさらわれてたまるか」

「それなら、僕の国の王妃としても通用するからちょうどいい。ミレーヌはレンドールにいじめられて泣いているより、僕の国で可愛がられて笑っていた方が幸せじゃないのかな」

「それは……俺は別に、いじめているわけでは……」

レンドール様が口ごもる。確かに彼は昔、わたしの背中にカエルの卵を入れたり胸に虫をとまらせたりという低レベルのいじめをしてくれたけど、今はそんなことをしていない。

それに、ケイン様はわたしを王妃にするとかとんでもないことを言っているような気がするんだけど。ふたりの会話が国家レベルの大きなことになっていて、わたしにはついていけない。

「さあミレーヌ、ケインに言え！　はっきりと断るんだ」

「えっ⁉　言えとおっしゃられても……わたくしはレンドール様に、どうぞ婚約解消をしてくださいとしか言いようが……」

すると、それまでわたしをぬいぐるみを抱くようにぎゅうっとしていたレンドール王子が身体を離し、わたしの顔を覗き込んだ。

うわ、だから、顔が近すぎるってば！

あたふたするわたしに、彼は深いブルーの瞳に真剣な光を浮かべながら言った。

「お前はまさか、あっさりとケインに乗り換えるつもりなのか？　幼い頃から散々俺を好きだと言っていたのに、あれは全部嘘《うそ》だったのか？」

わたしのことを、邪魔な悪役と考えているはずのレンドール王子からそんな言葉を聞いて混乱した。

「いや、だから、嘘とかではなく、だって、レンドール様はわたしじゃなくってメイリィ・フォードのことが……」

「勘違いするな、メイリィ・フォードはただの友達にすぎない。だいたい、今から王妃候補を変更しても、教養がそう簡単に身に付くわけがないだろう。俺の婚約者となってからお前が今までどれだけがんばってきたのか、考えてみろ。そんなに甘いものじゃないということを、誰よりもお前がわかっているはずだ」

「わたくしがどれだけ……」

ええ、ミレーヌは王子べったりで焼きもちやきだけど、レンドール王子の隣に立ちたくて、努力を重ねてきたわ。そう、まだ物心もつくかつかないかで王子に一目惚《ひとめぼ》れしてから、ずっと。

わたしが黙り込むと、レンドール王子は口元に偉そうな笑みを浮かべて言った。

「まったく、お前は自分に自信があるのかないのかわからないし、勝手な思い込みで妙な暴走をするし……こんな女を危なっかしくて他国になど出せるか！　ミレーヌはずっと俺の目の届く所にいろ！　俺が責任を持って見張っていてやるからな！」

美形俺様王子のドヤ顔が決まった。

く、悔しいけど、めちゃくちゃかっこいいわ！

「でも……メイリィ・フォードが……」

かっこいいけど、見惚《みと》れている場合ではない。ここはゲームの世界なんだから、メイリィを好きになることは変えられないはずだよね？

すると、ドヤ顔イケメンが目を吊《つ》り上げた。

「この俺がここまで丁寧に説明しているというのにお前はまだ言うか、この頑固者が！」

「だって、レンドール様が！」

大きな声を出されたのでわたしも負けずに声を張ると、レンドール王子はわたしの顎を摑んだ。

「このバカミレーヌめ！　口で言ってもわからないのか！」

あっという間に顔が近づき、一瞬唇が重なった。

「……んっ⁉　……ええっ？　い、今、のは」

ちゅーされた？

わたしはレンドール王子に、ちゅーされたの？

目を見開いて、至近距離にある美形をガン見していたら、今度は鼻の頭に嚙みつかれた。

「いったあい！　なにをなさるんですか、やっぱりいじめっ子ですわ！」

鼻の頭を手で押さえて、俺様な婚約者を睨みつけると、彼はおかしそうに笑ってから言った。

「俺から逃げ出そうとするなんて不敬は許さんからな。覚えておけよ、ミレーヌ。今後婚約解消などというふざけたことを言い出したら、即イェルバン家を取り潰して、一族郎党、ひとり残らず路頭に迷わせてやる」

「何て横暴な！　それは嫌でございます！」

「わかったら、おとなしくダンスの練習でもするがいい。後でドレスを届けさせる」

そう言ってケイン様を引っ張って去っていくレンドール王子はわたしにキスしたことなどすっかり忘れているかのようだったが、その耳はなぜか赤くなっていた。

「ふうん、王子もまだまだ青いですね」

「おわあっ！」

物陰から出てきた従者に、わたしはまたしても淑女らしからぬ声を上げてしまう。

「ライディ、聞いていたの？」

「当たり前でしょう、わたしはあなたの従者なんですから。青春するのもいいですが、国を巻き込んだ痴話喧嘩《ちわげんか》に発展すると困りますからね、大人が見守ってあげる必要があります。でも」

年上のボディガードは言った。

「幼い頃からお世話申し上げている可愛いお嬢様を泣かすようなアホには、お嬢様を渡す気はありませんからね。痛い目に遭いながらでも、せいぜい成長していただかないと」

自国の王子をアホ扱いする人を食ったような従者は、わたしに手を差し出した。

「まずは、ダンスの練習でもいたしましょうか？　先を見るのも大切ですが、足元が見えないと転びますよ」

「……わかったわ」

ダンスパーティーで、大好きなレンドール王子と華麗に踊るために、わたしはライディの手を取った。

サマーパーティー

わたしの名はミレーヌ・イエルバン。このゼールデン国でも有力な貴族、イェルバン公爵家の娘だ。

黒い巻き毛に黒い瞳をしていて、ちょっとキツイ感じがするけど美少女だと言われる。

侍女のエルダによると、つんとお高くとまった時と情けなくへにゃっとなった時のギャップがマニアにはたまらない（いったい何のマニアよ!?）魅力らしいが、これは前世を思い出す前のミレーヌと思い出したあとのわたしとの齟齬《そご》からなるものだと思う。

そう、わたしは剣と魔法のファンタジーっぽい乙女ゲーム『恋のミラクルまじっく！』の世界にあるゼールデン王立学園の一年生なのだが、前世はそのゲームをプレイした日本の女子高生だったのだ。

「やっぱり行きたくないわ」

「なにを今更」

「ミレーヌ様、いくら何でもお行儀が悪すぎですわ、起きてください」

学生寮というにはいささか豪華すぎる部屋のベッドに寝転がって、ため息交じりに呟いたわたしに、鋼《はがね》のメンタルを持つ従者のライディと侍女のエルダがすかさず突っ込む。

これは、以前のミレーヌのせいだ。

なにしろ乙女ゲームの悪役令嬢である彼女は、わがまま放題で常に上から目線という、いささか性格に難があるお嬢様であったらしい。おまけに負けず嫌いで頑固で自分にも他人にも厳しかったものだから、従者も侍女も並みの心臓では付き合っておれず、最終的にそばに残ったのはこのライディとエルダだけだったというわけだ。

ライディもエルダも、よく仕えてくれていると思う。

でもね、恋に悩む少女にはもっと優しくしてくれてもいいと思うの！

さて、わたしがなにに行きたくないのかというと。

この夏に行われる、ダンスパーティーのことなのだ。

夏と言ってもジメジメむしむしの日本の夏と違って、ここゼールデンの夏は爽《さわ》やかで、ドレスも袖さえ短ければまったく快適に着ていられる。この学園に入ったばかりのわたしにとっては初めてのダンスパーティーということで心浮き立つイベントのはずなのだが、残念ながらこれも乙女ゲームのシナリオのひとつであるため、胸の内は憂鬱《ゆううつ》なのだ。

わたしには婚約者がいる。それは、次期国王と言われているこの国の第一王子、レンドール様だ。

そう、つまり次期王妃候補の立場にあるというわけ。

幼い頃に彼に一目惚れをしたわたしは、父に頼んでかなり強引に婚約者の座に収まった。もちろん、本気で王妃になるつもりだったので、勉強も乗馬もダンスもお作法も、とにかく王妃教育と言われたものは何でもがんばり、今もよい成績を修める優等生である。ただし、性格が難アリなのよねー。

わたしことミレーヌは次期王妃だということを笠に着て、高飛車なお嬢様になってしまった上に、ゲームのヒロインである平民のメイリィ・フォードに様々な嫌がらせをして学園から追い出そうとしている……いや、していた、のだ。

でもね、ちょっと言い訳をさせてちょうだい。

ミレーヌは、本当にレンドール王子のことが好きだったの。

正統派王子様の凛々《りり》しさに、幼いながらも乙女のハートを撃ち抜かれて一目で恋に落ち、婚約できた時には天にも昇るような思いで部屋中をくるくると踊りまくり、立派な王妃になって彼のそばで一生支えて生きることを誓ったわ。

だから、彼に他の女の子と親しくなってほしくなかったし（この国は、王といえども一夫一婦制ですからね！）、平民で身分に相応しい振る舞いがわかっていないメイリィが、レンドール王子に貴族の常識外の距離感で近づくのがとても嫌だったのよ。

しかもレンドール王子も、わがままなお嬢様でいかにも婚約者といった調子で自分にまとわりつくミレーヌがうとましくなってきていたみたいで、それが余計にミレーヌのいじめに拍車をかけていたようなの。メイリィの存在さえなければわたしのことを見てくれるはずだって思って、せっせと意地悪をしていたんだわ。

ゲームの中では意地悪な悪役令嬢でしかなかったミレーヌも、本当は恋に不器用なおばかさんだったわけ。

そして。

そのレンドール王子に二度惚れしちゃったわたしは、もっとおばかさんなのよ！

だって仕方ないじゃない！

ゲームの中では単なる一攻略対象だったレンドール王子は、実際に会うと破壊力が半端ないキラキラ王子様だったんだから。イケメンに免疫なんてないわたしはイチコロだったわよ。

金糸でできたようなサラサラの金髪頭に、深い海のようなブルーの瞳。卵形の顔に絶妙に並んだ整ったパーツ。身長も高く、すらりと引き締まった身体は剣を扱うせいかしっかり筋肉がついていて美しくたくましい。

そう、まさに絵に描いたような美形がそのまんま現実に飛び出してきましたーって感じの青年なのよ。この世界は美形率が高いのだけれど、その中でも乙女の憧れの王子様として一段と輝いている人、それがレンドール王子なのだ。

人間見た目ではない。

わかっちゃいるけど、心の準備なしで出会ってしまった王子様に、ハートを一気に持っていかれてしまったわたしだった。ええ、もともとミレーヌとして惚れていたから、それこそ徹底的にね。

そんなこんなで、わたしは婚約者としてレンドール王子と一緒にサマーパーティーに行くのだけれど。

「サマーパーティーの悪役イベントをこなしたくないのよぉ」

「はあ？　また訳のわからないことを言っちゃって」

失礼イケメン従者のライディが、呆れたように言った。

ゲームのシナリオによると、嫌々わたしをエスコートしたレンドール王子は、決まり事であるファーストダンスを終えるとわたしのことは放置して、他の令嬢たちと踊っていく。そして、ヒロインであるメイリィとてもお似合いな素晴らしいダンスをすると、ふたりでバルコニーに出ていろいろ語り合うわけだ。

とある貴族の後ろ盾こそあるものの、その強い魔力自体を認められてこの学園に入学したメイリィには、貴族の令嬢にない素直で純朴な魅力があって、次期国王になる重圧を感じているレンドールはそれに癒され、惹かれていく。その様子を物陰から見ていたわたしは怒りを募らせ、メイリィに足を引っ掛けたりドレスを破ったりワインをぶっかけたりと嫌がらせの定番を行い、メイリィはそれを見たレンドール王子にお姫様抱っこをされて助けられ、ふたりの仲はさらに深まっていくのだ。

見たくない。

心を惹かれ合って仲良く見つめ合うふたりなんて、絶対に見たくない！

「パーティーに行かずに済ませられないのなら、せめてレンドール様でない方と行きたいわ。そうして、ふたりのことが絶対に目に入らないようにして過ごすの」

「それは無理でしょう。仮にも婚約者なんですから」

ライディが呆れたように言った。

エルダがわたしをベッドから追い出して椅子に座らせると、お茶を入れてくれた。

「そうですよ、殿下は素敵なブルーのドレスも贈ってくださったではありませんか。お嬢様は婚約者としての役目をきちんと果たすべきです」

「そんなの、わかっているわ！　……そうだ、レンドール様が断ってくださればいいのだわ。嫌々一緒に行くよりもずっといいじゃない。メイリィに意地悪をするようになってから、わたしのことをすっかり嫌っているみたいだから、きっと喜んで断ってくださるはずよ。……ちょっと複雑だけど」

「あの王子様が？　お嬢様を別の男性に任せると？　それはどうでしょうかねえ」

グリーンがかった銀髪に濃い緑の瞳という、主人を差し置いて目立ちまくる容姿をした（これがまたクールな感じのイケメンなのである）失礼従者のライディが、意味ありげに言った。

「よろしいんじゃないですか、殿下に頼んでみても。少し現実を知った方がお嬢様のためにもなりますわ」

こちらは金の艶《つや》やかなストレートヘアをきりっと束ねた鳶色《とびいろ》の瞳の美女、エルダだ。この世界は美形だらけで目の保養になるけど、仕える者たちがお嬢様よりもキラキラしいなんてちょっと生意気だと思わない？

いくら悪役だからって、黒目黒髪は地味すぎるわ。

ライディが鼻で笑いながら言った。

「もしも首尾よく断ってもらえたら、わたしがお嬢様をエスコートしますよ、もしもの話ですが」

「あのね、現実は知りすぎるくらい知ってるわよ！　断られるに決まっているでしょ、レンドール王子はわたしのことなんて邪魔な女だと思っているんだから」

この前のキスだって、きっとからかっただけだ。そう、カエルの卵と一緒よ。

ライディもエルダも変なことを言うので、わたしは淑女らしくなく唇を尖《とが》らせた。

「……だから、最初からメイリィとパーティーに行けばいいんだわ。途中で突き放されるくらいなら……最初から……」

お茶をすすりながら涙目になってきたわたしは、エルダの言う『へにゃっ』とした顔になっていたに違いない。自分の発した言葉に傷つき、泣きそうになるのをこらえるのに必死だったから。

エルダはため息をつき、ライディはなぜかわたしの頭をぽんぽんと軽く叩いて、撫《な》でてくれた。


翌日、わたしはライディを連れてレンドール王子のいる教室へ出向いた。

「あれ……ミレーヌだ」

こちらに気がつき、少しだけ嬉《うれ》しそうな顔をして近寄ってきたのは、隣国であるエルスタンからの留学生である、ケイン王子だ。

「おいで、ミレーヌ、こっちにおいで。こーいこいこいこい」

犬や猫ではあるまいし、言葉の使い方が不適切でございましてよ、ケイン王子！

彼は肩まで伸びたさらさらのプラチナブロンドに水色の瞳をした、ちょっと目を見張るくらいの美人さんだ。ドレスを着たらわたしより似合ってしまいそうな輝くばかりの美しさよ。すらっと背が高いけど、剣術も学んでいるからなよなよした感じはしない。そしてなぜか表情の変化に乏しいけれど、悪い人ではなさそう。王族同士のよしみかレンドール王子と一緒に行動していることが多いみたい。

「ケイン様、ごきげんよう」

わたしは差し出された腕を無視して離れた位置で膝をちょっと折り、敬意を表した挨拶をする。

基本的には学園内では身分の差は気にせずに過ごすというルールなのだけど、わたしは礼儀作法を叩き込まれているせいか、そこまでラフにはできないの。学園全体にも、暗黙のお約束としてある程度のわきまえは必要とされているしね。建前の中でどのような振る舞いをするかで、その人柄が皆に知れるということよ。学生とはいえ、なかなか気は抜けないわ。

「さらったりしないから脅えないでよ、ミレーヌ。ちょっと抱っこするだけだから」

「すでに問題ありありですわ！」

「レンドールに会いに来たの？」

「はい、少々用事がありまして」

「僕には会いに来ないの？」

「へ？　ケイン様に？」

突然脈絡のないことを言い出されて、ちょっと間抜けな返事をしてしまう。

……もしかして、ケイン王子はお友達が欲しいのかしら？

「ミレーヌ、僕にも会いに来て。それから、やっぱり僕の国に来てくれない？　自発的に。さらわれてくるとかじゃなくて」

「ケイン様の思考にはいささか問題がございますわね！」

そう突っ込むわたしの前に立ち塞がるようにして、甘い笑みを浮かべたケイン王子が言った。

「僕の国には美しいものがたくさんあるし、美味《おい》しいものもいろいろ食べさせてあげられるよ。僕のお嫁さんになったら、ミレーヌのことを絶対に泣かさないよ。たくさん甘やかして可愛がってあげる。だからおいで……ね？　ミレーヌ、おいで？」

甘ったるく囁き、また「こーいこいこい」をしながら、なぜ美しいお顔が迫ってくるのでしょうか？

「ケイン、人の婚約者に妙なことを吹き込むのはやめてもらえないか」

「レンドール様……」

横を見ると、いつの間にかレンドール王子が隣に来ていた。今日もキラキラ輝くようなイケメンっぷりで、思わず見惚れてしまう。そんなわたしの様子を見て、彼は満足そうに口元に笑みを浮かべる。

うわあああ、かっこよさ増量中！

と、その時、耳元で魅惑的な声が響いてきたのでドキッとしてしまう。

「ミレーヌ、こっちを見て。今度レンドールに意地悪されたら僕の所に来るって約束して。君のことをきっと幸せにするから」

こっちの美人王子様は、どうしていつの間にか至近距離に迫ったあげく、わたしの耳元で囁いているんでしょう？

耳に息がかかって、何だかぞくぞくするのでやめてほしいのですが。

「誰が意地悪だ。ケイン、他国の王妃候補に手を出すな。いくら友人でも許しがたい行為だぞ」

「まだ候補だよね。うちの国の王妃候補にも入れておくつもりだから大丈夫。ミレーヌなら絶対に合格、皆歓迎する。可愛くて頭がよくて王妃の勉強もたくさんしているからね。ねえ、僕と一緒にエルスタンに帰ろうよ、美しくていい国だよ」

美しく整った顔にほのかな笑みを浮かべて、ケイン王子の手がわたしの頬に伸びてきた。

「ケイン様、ちょっとお待ちに……なって……」

言いかけたわたしは、途中で息を呑み、そのまま言葉を失ってしまった。

イケメンの笑顔は凶器！

澄んだ淡い水色の瞳に、心が吸い込まれそうよ。

まだ美形に慣れないわたしはその場に固まって、赤くなってしまう。

「だから、人のものを堂々と口説くな！」

「きゃっ」

もう少しで届きそうになったケイン王子の手をぐいっと押しやると、レンドール王子はわたしの腰に手を回して自分の方に引き寄せた。

身体の片側がぴったりくっつき合って、体温が伝わってくるんですけど！

レンドール王子にそんなことをされるのは初めてだったから、わたしはびっくりして身をすくめてしまう。

「あ、あの、レンドール様。これはわたくしにはハードルが高いと申しますか、少々不適切な状況と申しますか、つまり、お離しくださいませ！」

「断る」

そっぽを向いたままのレンドール王子に言い切られてしまった。そして、腰に回された手にさらに力が入る。

この手は何ですか？　もうすでに、これ以上くっつくのは無理なくらいにぴったりとくっついていませんか？

いくら婚約者とはいえ、人前でこのようなことをするのはマナー違反というか……まるでわたしたちが仲のよい恋人同士みたいじゃないですか！　きゃー！

「ミレーヌは俺に用事があるのだろう？　さあ、向こうに行くぞ」

レンドール王子に引きずられるように向きを変えられたので、わたしは振り返って言った。

「あ、はい、それではケイン様、失礼いた……」

「他の男の名前を口にするな！」

「痛い！」

レンドール王子がわたしの身体に回した手にさらに力を込め、ものすごい冷たい目で見てきたので、びくっと身体が震えてしまった。

「お前は婚約者である俺の名前だけを口にしていればいいのだ」

顔を近づけてきて、彼は命令した。さすがは未来の国王だけあって、威圧感がたっぷりの物言いである。きっとわたしのことなど『王妃候補』という駒《こま》にしか見ていないのだろう。いくら気持ちの伴わない、名ばかりの婚約者だからって、そんなに嫌わなくたっていいじゃない。

「申し訳……ございま……」

悲しくなってしまい、目を潤ませた。

「レンドール、またミレーヌを泣かせてる……」

「え？　ミレーヌ？　いや、俺は……」

わたしの涙を見て、レンドール王子はなぜか動揺したようだった。

「泣かせるなら貰うって、僕は何回も言ってるでしょ、レンドール。さ、おいで」

手を差し伸べてくるケイン王子からわたしを隠すようにして、レンドール王子が言った。

「やらないと言ってるだろう！　もうケインは俺たちに構うな。ほら、行くぞミレーヌ」

わたしはそのままレンドール王子に離れた所へとぐいぐい連れていかれる。そんなわたしたちの後を、護衛のライディがどこか呆れた顔をして付いてきていた。

「泣くなミレーヌ。お前、最近変だぞ？　何の用事があったんだ、俺にドレスの礼でも言いに来たのか？」

「いえその……ドレスをありがとうございました」

違うんだけど、流れに合わせて一応お礼を言っておく。こう、壁際に追い込んで片手で壁ドンし、片手でわたしの涙を拭いながら話してくるのは、妙なプレッシャーがあるしドキドキ感もてんこ盛りなのでやめてほしいんだけど、俺様な王子様が言うことを聞いてくれるとは思えないので、火照《ほて》る顔のまま我慢する。

「ああ。お前に似合う色を、この俺がじきじきに見立てたんだ。着てみたか？」

「まあ、レンドール様が？　はい、素敵なお色のドレスでしたわ。ありがとうございます」

「そうか。それならばよい」

わたしが言うと、レンドール王子は満足げに頷いた。

「俺の婚約者として参加するのだ、恥ずかしくないようにして来い」

「そのことなのですが……レンドール様は、他の方と行かれた方がよろしいのではないですか」

「なに？」

整った眉が、ぴくりと動いた。機嫌がよさそうだったのに、一気に氷点下に下がったようでちょっと怖い。でも、この俺様王子の前で少しでも萎縮《いしゅく》すると、わたしは途端になにも言えなくなってしまいそうなので、ぐっとお腹に力を入れて続ける。

「ですから、パーティーには名ばかりの婚約者であるわたくしではなく、もっと、レンドール様が一緒に行きたいと思う方をお誘いになった方がいいかと存じますの」

「どういう意味だ？　ミレーヌ、なにが言いたい？　お前はパーティーでエスコートするのが俺では不満だと言っているのか？　この俺とは一緒に行きたくないのだと、そう言っているのか？」

俺様王子は、その体勢を片手壁ドンから両手壁ドンに変え、ぐいぐいと聞いてくる。

それに負けないように、わたしも十八番の『上から目線』を発動して対抗する。

「違いますわ！　わたくしがレンドール様と行きたくないわけがありませんでしょう！　わたくしはレンドール様自身が、ご自分の相手を務めるのがわたくしではご不満でしょう、と申し上げているのです」

「お前は婚約者である俺を断って、誰と一緒に行こうというのだ。……まさか、ケインの奴か？」

レンドール様ったら、わたしの言うことを全然聞いてない！

だいたい何でここでケイン様が出てくるのかしら。

確かに変にちょっかいをかけられているけれど、わたしが思うには、あれはおそらくお友達が欲しいからなのよ。彼はちょっとした冗談で『国においで』とか言ってるだけなのにね。

「もう、全然違います。ケイン様はまったく関係ありませんわ。特にパートナーのあてなどございませんので、ライディとでも一緒に行こうかと……」

軽い気持ちで口にしたのに、その途端レンドール王子は、わたしの従者兼、腕利きのボディガードとしてそばに控えていたライディに向かって冷たい視線を投げつけた。

「お前はこの男が好きになったのか⁉」

「はあ？」

「単なる従者だと思って見くびっていたが……なるほど、そこそこ見栄えもよいし、常に身近にいるから気心も知れているというわけか。くっ、とんだ油断をした！」

「はあああ？」

今度の『はあああ?』は、わたしとライディの二重奏《デュエット》だ。

何でそうなるの⁉

「そのような特殊な趣味は持ち合わせておりませんが」

ライディがぼそりと言った。

特殊ってどういう意味よ⁉

「レンドール様、もしやお熱でもおありなのかしら……少しおひとりになって休まれた方が……」

「待て」

すっとしゃがんで、そのまま中腰で両手壁ドンから逃げ出し、ここはひとまず退散しようとしたら、手首を掴まれて思わず「げ」と淑女らしからぬ声を出してしまった。

「ミレーヌ……逃がさないぞ」

ってゆーか、近い! 顔近いよ!

レンドール王子のパーソナルスペースは、わたしには狭すぎです!

「正直に答えろ。お前は俺よりも、この男を選ぶつもりか?」

「そんなわけがないでしょう、ライディは単なる失礼な従者にすぎません。なぜ話がそうなりますの! ケイン様のことといいライディのことといい、今日のレンドール様は変ですわ。訳のわからないことをおっしゃらないでくださいませ」

「俺は全然変ではない! 先日から振る舞いがおかしくなって、訳がわからないのはそっちだろう! ミレーヌ・イェルバン、なぜ俺にまとわりつかない、なぜ俺から離れていこうとするのだ!」

「きゃあっ」

レンドール王子は、わたしの腰をぐいっと引き寄せて、身体を密着させた。

ち、近いにも程があるってば！

わたしの顔に一気に血が上る。

こんなに密着したら、彼の身体の温かさとか張り詰めた筋肉のたくましさとか花のようないい香りとかがはっきり感じられて、男性に免疫のないわたしはどうしたらいいのかわからないわ。

「や、離して、くださいませ」

焦るわたしはレンドール王子の胸に両手を押し当てて身体を離そうとするが、がっちりと抱き寄せられていて身動きがとれない。

「俺はお前の婚約者だな」

「はい、あっ」

顎に手をかけ、強引に上を向かせられる。

きゃあああっ、レンドール王子のドアップ、超カッコイイ！

でも恥ずかしい！

麗しいお顔を間近で見て、わたしは激しい動悸で倒れるかと思った。

やっぱりレンドール様は素敵だわ。でも……いつもキラキラしているその青い瞳が、ギラギラに近いくらいに光っているのはなぜなのかしら？

「お前は、この、俺の、ことを、好きなのだろう？」

レンドール王子が、一言一言を区切るようにして、噛みつきそうな勢いで言った。

え、そんな、好きだなんて直接言わせるの？

いやよ、恥ずかしい。

わたしは視線を逸らそうとしたけれど、顎を掴む手に力が入って無理矢理元に戻される。視界に入ったのは、何だか底光りしているような目と、凄《すご》みのある笑顔。そして、かすれたように低く甘い声がその唇から響く。

「返事をしろ。お前は俺のことが誰よりも好きなんだろう？　違うのか？」

何で段々と顔が近づいてくるの⁉

このままだと、唇がっ！　触れてしまうでしょっ！

「レンドール様、お願い、やめて」

「やめるものか。答えろよ？　さもないと……」

吐息のかかる距離で、そっと開いた唇がわたしに迫る。

「……す、好き、ですぅ」

動揺したわたしの目から、涙がぽろりとこぼれた。

「……ならよい。あまり奇妙なことを言い出すと、俺にも考えがあるぞ。肝《きも》に銘《めい》じておけ」

こぼれた涙を事もあろうに舌ですくい取ったレンドール王子は、勝ち誇った顔で言い、わたしを解放した。

最後に親指でわたしの唇をひと撫でしてから、その顔に魅惑的な笑みを浮かべて言う。

「ミレーヌ、ちゃんと着飾ってこい。俺の隣に相応しいようにな。楽しみにしているぞ」

腰を抜かしてその場にへたり込んだわたしを置いて、レンドール王子は自分の教室へと戻っていった。

「な、舐《な》めた……顔、舐められた……」

なに、何なの？

あの王子様、人の顔を舐めていったわよ⁉

「あーあ、言わんこっちゃない」

そのわたしを思い切り上から目線で見る従者って、どうかと思うよ！

「お嬢様、男を力いっぱい煽《あお》って怒らせるもんじゃありませんよ、これでよくわかったでしょう？」

「……わかんないわよ！　わたし、レンドール様を怒らせるつもりなんて全然なかったのに」

「まったく、これですからお嬢様は始末に負えない。それでは宿題にしますから、どうして殿下が怒ったのかをよく考えてみてください」

そう言うと、ライディはわたしの腕を引っ張りあげて立たせた。わたしはひとりで立つのがやっとで、ライディに縋ってしまう。

「……怖かった。まだ脚ががくがくするわ」

さすが王子だけあって、オーラとか威圧感とか、半端なかった。

「それだけ殿下も本気だったってことですよ。むしろあの程度で抑えたのは立派なもんです、さすがは第一王子、たいした精神力だな、うん、素晴らしい」

「何でレンドール様の肩を持つの！　ライディはわたしの従者でしょう？」

「……お嬢様があまりに無自覚なので、少し殿下が気の毒になったからですよ」

「無自覚？　意味がわからないわ」

わたしはむうと口を尖らせた。

ライディの言っていることは変よ。気の毒なのはわたしの方だと思うわ。

精神的疲労でよろよろしながら教室に戻ろうとする。

「ああもう、真っ赤な顔して涙目になって。そんな顔で戻ったらまた余計な虫がつくっていうことをまったくわかっていませんね。落ち着くまで救護室に行ってください」

「きゃあっ」

「こんなところをあの執着王子に見られたら、またうるさいですからね、さっさと行きますから首に手を回してしっかりと掴まってください」

「……はい」

ライディは、わたしを抱き上げて救護室に連れていくと、無理矢理顔を洗わせて、しばらく教室に帰してくれなかった。


ダンスパーティーは、学校のホールで行われた。

王立の学校だけあって、しっかりとお金をかけられた、お城にも引けを取らないほどに広いホールで、入学式や卒業式などのイベントにも使われる。さすがに豪華さではお城に負けるけどね。でも、学生たちが盛り上がるには充分だ。

パートナーとは女子寮の玄関で待ち合わせする。基本は男女二人組で行くことになっているが、まだ学生なのでそう堅苦しくなく、同性の友人同士の参加でも大丈夫だ。

まあ、ほとんどがちゃんとカップルになっているけどね。皆さん積極的だわ。

仕度を終え、部屋を出ると、わたしの取り巻き……もといい仲のいいお友達がいた。

「まあ、ミレーヌ様、素敵ですわ」

「このブルーのドレスは、殿下がお贈りになられたものでしょう？　今流行《はや》りのデザインですわね」

「そしてこのお色！　殿下の瞳の色ではありませんか！」

「きゃあああああっ、ミレーヌ様ったら、愛されておいでですわね！」

「あ、あら、そうかしら？　ありがとう」

聞こえのいい言葉を『ミレーヌのご機嫌とり、ご苦労様。いつも気を使わせてしまってゴメンナサイ』と思いつつ流し、わたしは余裕があるふりをして、おほほほ、と笑う。

なるほど、青を選んだのはそういう深い意味があったのね。だから俺が選んだとか言ってドヤ顔をしていたわけか。

さすがイケメン王子、細かいところにもそつがないわねー。

あ、イケメンは関係ないか。

「さあ、あちらで殿下がお待ちですわよ」

「殿下の制服以外のお姿を初めて間近で拝見しましたわ。今日は一段と素敵ですわね……見惚れてしまいそう」

玄関ホールへ向かって階段を下りると、濃いブルーに銀糸の刺繍がされた礼装に身を包んだキラッキラのレンドール王子が、うっとりした顔の女生徒たちに囲まれていた。そばに白馬を連れていたら、完璧なお伽話《とぎばなし》の王子様だわ。

「レンドール様」

婚約者の特権で名前を呼ぶと、女生徒の輪が開き、王子がふっと笑ってこちらに近づいてきた。背筋がぴんと伸びた姿には、国のトップに立つ者の威厳のようなものが感じられる。

「ミレーヌ、よく似合っている」

ブルーの瞳の中に、ブルーのドレスを着たわたしが映っている。

何だか本当にレンドール王子に愛されているような錯覚に陥《おちい》りそうになり、思わず目を伏せた。

勘違いしては駄目だ。後で傷つくだけだから。

「素敵なドレスをありがとうございました」

「なに、当然のことだ。お前が気に入ればそれでいい」

わたしは王子の左腕にそっと右手をかけ、隣に寄り添った。

今だけは、彼の隣にいられる。

なにも言えないけれど顔を上げて、精一杯の笑みでレンドール王子に笑いかけた。レンドール王子は目を見開くと、わたしの首元に指先で軽く触れながら言った。

「とても綺麗だ、ミレーヌ」

今度はわたしが目を見開いた。そして、へにゃっとした顔になってしまう。

レンドール王子に、綺麗って言ってもらえた。

社交辞令だとわかってはいるものの、こんなふうに優しい言葉をかけてもらえるなんて思わなかったから、嬉しくて、嬉しすぎて、何だか変な顔になってしまった。

「……っ！」

その瞬間、レンドール王子は口元を手で覆うと目を逸らした。

「ミレーヌ、そんな顔を他の奴らに見せるな！」

わたしの情けない顔はお気に召さなかったようで、なぜか赤い顔をしたレンドール王子にぴしゃりと言われてしまった。

どうやらまた嫌われてしまったみたい。

「申し訳……ございません。やっぱりこのドレスは、わたくしには……」

膨らんでいた気持ちが一瞬でしぼみ、しゅんとなって俯《うつむ》いた。

すると、そんなわたしの様子を見て、レンドール王子は慌てたように声を張り上げた。

「違う！　俺が言っているのはそうではなくて……俺が似合っていると言ったら似合っているんだ、ただな、お前のそういう可愛い顔を他の男には見せるなと……いやその、別に俺は嫉妬しているとかではなく……」

「はい？」

段々としどろもどろになっていくレンドール王子の様子に首を傾げて尋ねると、彼は信じられない、といったような表情になって呟いた。

「嫉妬……この俺が？　そんなまさか……しかし……いやいい。何でもないからお前は気にするな！　さあ、行くぞ」

訳がわからずレンドール王子の秀麗な顔を見上げ、（あら、今日は一段と破壊力のある凜々しさだわ）なんてついつい見惚れてしまったわたしを引っ張るようにして、彼はダンスパーティーの会場へと足を進めた。


「あの、レンドール様」

「どうした？」

ファーストダンスは終わった。にもかかわらず、レンドール王子はわたしの腰に回した手を外さず、左手はわたしの右手に絡ませたままだ。曲の合間になぜか指先でわたしの手をくすぐるようになぞるから、身体をもじもじと動かしてしまう。『悪戯《いたずら》はおやめになって』と上目遣いで軽く睨むと、笑いながら目で合図をしてよこす。こんなの、傍《はた》から見たらいちゃいちゃカップルじゃない。

次の曲が始まり、わたしは再びレンドール王子のリードでステップを踏む。

おかしいわ。ゲームのシナリオ通りならここでわたしはお役ごめんになって、レンドール王子は群がる令嬢たちと次々にダンスをこなしていくはずなのに。

わたしは怪訝《けげん》な顔をしながらも、ダンスの名手であるレンドール王子のリードでダンスを楽しんでしまう。上手な男性と踊ると本当に楽しい。しかも、相手はわたしの大好きな人だ。今だけ、今だけ、と自分を諌《いさ》めながら、わたしは優しく手を握るレンドール王子の顔を見つめてひたすらステップを踏む。

そして、二曲目が終わった。繋《つな》がれた手はまだ離れない。

何で？

三曲目もわたしと踊るつもりなの？

「どうした、ミレーヌ。まさか、もう疲れたなどと言うつもりではないだろうな？」

今度は腰に当てた手を微妙に動かしながら、レンドール王子は意味ありげに笑って言った。

身体の線をなぞられて、何だか恥ずかしくて、わたしはもぞもぞしてしまう。

意地悪ね、わたしのことをからかっているんだわ。

「いいえ、これくらい平気ですわ。わたくしはひ弱ではございませんから」

赤い顔をしながらも、つんと頭を振り上げて答える。

「そうだな。お前はダンスもしっかり学んでいるようだ」

「はい。今回のパーティーのために、特に練習を積んで参りましたわ。何十回とライディと……」

「お前の従者と、何だ？」

急に、わたしに回された腕と手を握る指に力が入り、踊っているのか拘束されているのかわからなくなった。

なに、わたし、またなにか地雷を踏んじゃったの？

「レンドール様、痛いですわ」

「従者となにをしていたのだ？」

さっきまでの甘さが消えて、すっかり怖い顔になったレンドール王子が言う。端整な顔をしているから、怖い顔をすると迫力満点なのだ。

「ですから、ダンスの練習ですわ、それだけですわ、だから」

「こうやって身体を触れ合わせて、何十回と踊ったわけだな」

やめて、そんなに密着しないで！

嬉しいけれど、興奮して鼻血が出てしまいそうよ、衆人環視の中で次期王妃候補が鼻血を垂らしたらまずいでしょ！

「レンドール様、ただの練習にすぎません！」

そりゃダンスの練習なんだから、ライディと身体もくっつくわよ。

「……そうか。それならば、本番の今夜はそれ以上に俺と踊ってもらおうか。今夜は俺以外の者と踊ることは禁じる。そして、従者と練習した回数以上に俺と踊るのだ。わかったな？」

わかりませんよ、何なんですかその命令は！

この王子様、変だ。絶対変だ。俺様すぎて、もう訳がわからない。

でも、国の王子に対して物申すわけにもいかないため、これでもかと腰を引き寄せるレンドール王子のリードに合わせて、わたしはくるくると踊り続けた。疲れ果てて、「お願い、少し休ませて……」と涙目になって王子にお願いをするまで、ずっと。

「うー、何の罰ゲームよ。ダンスは格闘技かハードなスポーツなの？　これじゃあわたし、明日は筋肉痛で動けないかもしれない……」

しょせん女性にすぎないわたしと、普段から剣を振り回して身体を鍛えている青年との基礎体力の違いだろう。わたしがふらふらになって会場の片隅にある椅子に崩れ落ちてからも、レンドール王子は人々に囲まれて華やかな笑顔を振りまいている。

そして、自分は女性と談笑しているくせに、わたしには「絶対に男と口をきくんじゃないぞ？　これは王太子命令だ！」と訳のわからないドヤ顔で命令していった。何だか面倒くさくなったので「はいはい」と返事をして、ここでひっそりとジュースを飲んでカナッペを摘んでいる。これも「ひとりで酒など口にしたら承知しないぞ」と言って、レンドール王子手ずから取り分けてくれたものだ。

「この頃レンドール様が変だわ。横暴さが増してきたみたい」

先が思いやられるわね、とため息をつく。

今夜はなぜか、ライディは遠くからわたしを護《まも》っていて、顔を見せることがない。なぜかと尋ねたら、「少しは自分の頭もお使いください、お嬢様」と上から目線で冷たく言われてしまった。仕方がないので、ジュースのグラスを片手にひとり寂しく会場を眺めて、激しいダンスで失ったカロリーを補給するためにカナッペを口に放り込んでいる。

「美味しい……ちょっと幸せ……あ！」

レンドール王子は、華やかに彼を取り巻く女性たちからひとりを選んで見事なステップで踊り出した。あれは、レンドール様と同じクラスの伯爵令嬢、リリアーナ・ヴィレットだ。美女との評判が高い彼女はサラサラしたプラチナブロンドに淡いブルーの瞳をして、背はスラリと高い。

そして、なにより非常に女性らしいスタイルをしている。グラマー美女というやつだ。嬉しそうな笑顔でレンドール王子の顔を見つめている。

うん、あんなに近くで美形王子を見られるんだもん、美女の顔もそりゃあ緩むわよね。

それにしても、レンドール様ったらさっきあんなに踊ったのにタフだわね。

きっとパーティーが終わるまで、社交上の体裁のために彼は踊り続けなければならないのだろう。王子の仕事もなかなか大変なのだ。

でも、体力があるから、わたしみたいに筋肉痛にはならないんだろうな……かっこいいなあ。めっちゃくちゃかっこいいなあ。腰がぐたぐたにならなかったら、一晩中レンドール様にくっついて踊っていたかったな。

そんなことを思いながら、わたしは灯《あか》りを反射して美しく輝く金髪を目で追っていた。その仕草も、脚捌《あしさば》きも、どれをとっても一流だ。見惚れるほどに美しい。

ああそうだ……ゲームのシナリオ通りに運命が定められているのなら、あの綺麗な婚約者の近くにいられるのもあとわずかなのだ。

せめて今夜はレンドール王子の素敵な姿を目に焼き付けておこう。そして、できることならあんまり嫌われないように身を引いて、今夜の素敵なダンスを時々思い出して過ごそう。

わたしは胸がきゅうっと痛くなるのを感じた。

あの子さえ……メイリィ・フォードさえいなければ……もっとあの大好きな人のそばにいられるかもしれないのに。

本当に邪魔なヒロインだ。

心からそう思ってしまうわたしは、やっぱり悪役令嬢なのかもしれないな。

「次は誰をいじめのターゲットにするか、選んでいるのか？」

上からぶしつけな声が降ってきた。椅子にかけてぼんやりとレンドール王子の姿を目で追っていたわたしはその主を見上げると、キッと睨みつけた。

彼はレンドール王子と同じクラスかつ仲良しで、よく話しているところを見かけるサンディル・オーケンスという高位の貴族の子息だ。少し長めの前髪に、後ろでひとつに縛ったオレンジの髪をした、グリーンの瞳の男らしい青年である。かなり剣の腕がいいとのことで、王子とはよきライバルでもあるとか。そして非常に整った見た目をしている。ファンの多さも王子といい勝負で、いつも女生徒に囲まれている（つまり、ちゃらい）イメージがある。わたしはちょいちょいレンドール王子の教室に顔を出すので、彼のこともよく見かけているのだ。

そんなサンディル様のくだらない質問に答える義理はないので、その存在を無視することにした。

ふーんだ、調子に乗らないでくださいませ、レンドール様の方がずっとかっこよくてよ。

「ミレーヌ・イエルバン、先輩を無視するとはいい度胸だな。さすがはお妃候補様だ」

「尊敬できそうにない方は、先輩だと思っておりませんの。サンディル・オーケンス様、わたくしに構わないでくださいませ。ほら、あなたとお話したがっている令嬢はあちらに大勢いらっしゃいますよ。わたくしにはそのような気持ちは一欠片《ひとかけら》もございませんので。さあ、どうぞあちらへ。ご機嫌よう」

わたしが口調だけは馬鹿丁寧に言うと、サンディル様は顔をしかめて言った。

「これはまたキツイ女だな。俺にそれだけの口を叩く奴はいないぞ。レンドールの女の好みは最悪としか思えない」

「余計なお世話です！　無差別に女性に手を出す方がずっと悪趣味に思えますわ」

「なっ、それは、ある意味貴族としての仕事であって……って、何で俺がお前に言い訳しなければならないんだ！」

「ご機嫌よう。さようなら。お会いしたくありませんけどまたお目にかかりましょう」

「この生意気女！　ああもう、腹が立つ。俺は俺のいたい場所にいる、指図は受けないぞ！　そのカナッペをよこせ！　お、そのワインをこっちにくれ」

早く追い払いたいのに、モテ男のサンディル・オーケンスはわたしのカナッペ（せっかくレンドール様がくれたのに、もう！）を摘むと後輩のワインを取り上げ、隣の椅子にどっかと座って足を組んでしまった。すらっと長い脚が余計にむかつく。

何なのかしら、この人。

わざわざわたしにケンカを売りに来たの？

「ああっ、メイリィ・フォード！」

レンドール様がメイリィ・フォードと踊り始めたわ。見なければよかった。見たくないのにどうしても目が離せない……。

あ、そうか、わかったわ。

「なるほどそういうことね、サンディル様、あなたもメイリィ・フォードが好きなのね！」

わたしはパンと手を打ち鳴らして、得意げに言った。

ご覧なさいライディ、わたしだってちゃんと頭が働くのよ。

「もしかして、仲良しのレンドール様と彼女を取り合っているのかしら？　ほほほ、残念ですわね、あの素敵な王子様とでは勝負になりませんもの」

「……はあ？」

あら、ここは図星を指されたサンディル・オーケンスが、真っ赤になって悔しがるはずなのに。なぜぽかんと口を開けて間抜けな顔をされているのかしら？

「俺が、あのメイリィを？　取り合うって、レンドールと？　お前はなにを的の外れたことを言って、アホ丸出しな得意顔をしているんだ？」

間抜け顔にアホって言われちゃったわ。

「でも、今メイリィ・フォードを見てらしたわよね？」

「お前がメイリィの名前を口にしたからだ」

あれ、外しちゃったのかな？

「でも、サンディル様はメイリィ・フォードの平民らしさに癒しを感じてしまって、惹かれているのではないの？　ほら、サンディル様はいつも出来のいいお兄様と比較されているように感じて鬱《うっ》憤《ぷん》が溜《た》まっているのよね、うふふ、そんなのはサンディル様の勝手な思い込みなんだけど」

「何だと？　お前、なぜそれを……しかも、思い込みだと？」

「そんなサンディル様が、メイリィ・フォードに『あなたにはあなたしかできないことがあるじゃない』とか言われて、すっきりした気持ちになって騎士団長を目指したら剣士として大活躍、果ては国の英雄に……って、あら？　わたしったら何で詳しく知ってるのかしら。別にサンディル様にはこれっぽっちも興味なんてないのに。ま、自分のいいところを伸ばせばサンディル様には明るい未来が待ってるってこと！　精々自己鍛錬に精を出されたらよろしくてよ、頭の中まで筋肉にならないように、ご用心遊ばせ」

メイリィ・フォードへのいらだちでテンションが上がっていたわたしの口は、無防備に言葉をこぼしてしまっていた。

「……ミレーヌ・イェルバン、今の話は何だ？」

至近距離に接近してきたサンディル・オーケンスが低い声で唸《うな》った。

いやあん、いきなり怖い顔になってしまったわ！

あれ、わたし、今余計なことをぺらぺら喋《しゃべ》ってなにか地雷を踏んじゃった？

「俺が、兄上と、どうしたって？　おとなしくその妄想の出所を吐け」

妄想とか言ってるけど、サンディル様ったら心の奥底にしまってあるイタいとこを、思いっきりえぐられたっていう顔をしているわね。これはまずいわ。

「あー、ええとー、第六感？　そう、第六感ですのよ。勘のよさも王妃としては必要っていうのかしら、才能溢《あふ》れるわたくしは類《たぐ》い稀《まれ》なる洞察力を備えているだけですから、気になさらなくて結構よ、ほほほ、では失礼」

「『では失礼』じゃない！」

わたしはそろそろと椅子から立ち上がって、その場から逃げ出そうとしたけれど、剣ダコのできた大きな手がわたしの手首を摑んでしまい、逆に引き寄せられてしまう。

「ミレーヌ・イェルバン、その話をもう少し詳しく聞かせてもらおうか」

やだ、笑顔が怖いわ！

「サンディル様、このような無体は……」

「ミレーヌ、お前は王妃候補だな？　それが、俺のような者と浮き名を流したら、いささかまずい状況になるんじゃないのか？」

「浮き名？　って？」

わたしは首を傾げた。

「これっぽっちも気にならないサンディル様と一緒にいても、浮き名は流れませんことよ？」

「……子どもか！」

サンディル様は呆れ顔をしてから、気を取り直したように「こういうことだ」とわたしを抱き寄せた。

「きゃあっ」

うわあ、いきなり身体を密着させるとは、さすが女好きのイケメン騎士ね！　しかも、サンディル様の顔をアップで見ると、その精悍《せいかん》さの中にふと甘さを見せるマスクとか、鍛え上げた素敵な身体つきとか、うん、何だか破壊力が半端ないわ、このイケメンめ！　本当に、レンドール王子と負けず劣らずの……かっこよさ？

待って、この人。

目まぐるしい日常生活で忘れかけていたけど、ここは乙女ゲームの世界で。

ええと確か、彼、サンディル・オーケンスも攻略対象のひとりじゃなかったっけ？

そうよ、さっきぺらぺらと喋ってしまったのは、ヒロインとのイベントでのくだりだわ。本来ならばメイリィ・フォードが言うことをわたしが言っちゃったのよ！

ああもう、前世の知識をもっと有効に活用しようよ、自分！

うまくサンディル・オーケンスをくっつけたら、レンドール様の気持ちはメイリィ・フォードから離れたかもしれないのに、ああもう、ああもう！

「サンディル様、お離しください。そして、わたしの言ったことは忘れてください。勝手な思い込みってことは本当だけど」

「お前になにがわかる⁉」

「なにも知りませんが、自分勝手な劣等感を作り上げてそれに酔うのってかっこ悪いですわよ」

「……なに？」

「悩むほど暇なら剣を振れ！　じゃなくって、とにかくその、そう、わたくしちょっと疲れているみたいですの。だから、今のはうわごとだと思ってくださって結構ですわ」

「人の話を聞かない女だな。言いたいことを散々言っておいて、無責任に逃げ出す気か？　人を舐めるのもいい加減にしろ、たとえ王妃候補だろうと容赦しないぞ」

サンディル様はごまかされてくれない。

と、その時。

「あ、大変、ちょっと待って！　レンドール様がこっちに来るわ、ほら、あっちに隠れるわよ」

「おい、何で俺たちが隠れなければ……」

「ふたりで喋ってるところを見られたら、サンディル様が粛清《しゅくせい》されるからよ！　レンドール様ったら最近ちょっぴり振る舞いがおかしいんですの。オーケンス家が取り潰しの憂《う》き目に遭っても知りませんわよ」

「げっ」

わたしがここにいることを知ってか知らでか、レンドール王子が事もあろうにメイリィ・フォードを伴《ともな》ってこっちにやってくるのが見えた。わたしはまだ手首を摑んでいるサンディル様を押しやりながら、隠れるようにバルコニーに進んだのだけれど。

「嫌だわ、何でこっちに来るの！　ああしまった、次のイベントはバルコニーだったっけ、やだもう、何で忘れてたんだろう」

「おい、ミレーヌ」

「サンディル様は黙ってて！　静かにしないと見つかっちゃうでしょ！」

「な、んぐ」

「奥に隠れましょう、ほら、ぐずぐずしないの、早くして」

わたしは片手でサンディル様の口を塞ぎ、テーブルや椅子がいくつか置かれた広いバルコニーの暗い隅へ引きずるように連れていった。


さっきまで一緒に踊っていたらしいレンドール王子とメイリィ・フォードが、談笑しながらバルコニーに出てきた。体格ではどう考えても勝てそうにないサンディル様なのに、わたしに口を塞がれてバルコニーの偶にぐいぐいと押し込まれる。おそらく予想外の事態に流されているのだろう。

このままだとサンディル様を襲うことすら可能かもしれない、すごいぞわたし。

いや、襲わないけどね。

わたしの乙女心はレンドール様一筋よ。

「殿下、ずっと踊っていらっしゃってお疲れじゃないですか?」

「さすがに喉が渇いたな。少し休もう」

ふたりは手に飲み物を持ち、バルコニーの手すりまで進んだ。

仲がいいのね。メイリィは入学したばかりじゃないの。

ただの平民が学園のトップとあっという間に親しくなったのは、ゲームのヒロインだからなのね、きっと。

ふたりの姿を見たわたしは、胸が苦しくなり、身体から力が抜けた。

「おい、なにをふらついてるんだ」

小声で囁き、サンディル様はわたしの腕を摑んで身体を支え、口を塞いでいた手を外した。暗いからよくわからないけど、サンディル様は少し顔が赤くなっているようだ。息が苦しかったのか、ちょっと涙目になっているのが小さな男の子みたいで可愛い。睨まれたので睨み返すと、怯《ひる》んだように目を逸らされた。

できることならこの場から逃げ出したいけど、明るい方へ行かないと会場には戻れない。これからここで、レンドール王子とヒロインの心の交流イベントが始まるのだろう。そんなもの見たくないなあ……。

そんなわたしの気持ちをよそに、ふたりの会話は続く。

「殿下も大変ですね、いつも気が抜けなくって。国王になるのってかなりの重圧でしょう」

「まあな。しかし、生まれた時から決まっていて、覚悟はとうに決めてあるからな、やり甲斐《がい》のある仕事だと思うし」

飲み物を飲み終わったレンドール王子はグラスをテーブルに置き、バルコニーの手すりに寄り掛かっている。

「殿下はお強いんですね」

隣に立つメイリィが、可愛らしい笑顔でレンドール王子を見上げる。

やだやだー、ヒロインさん、攻略するのは別の人にしてくれない？

何ならここにいるサンディル様を紹介しますけど。

そんなに近くでレンドール王子を見たら、あまりのかっこよさに本気で好きになっちゃうじゃない、まだ間に合うから離れて離れてっ！　ほら、王子よりこっちのイケメン筋肉の方が頼り甲斐があっていいわよ、ちょっと女ったらしだけど。ああ、今すぐ紹介してくっつけたいわ。

「わたくしに、なにかできることはありますか？　いくら殿下がお強くても、時には癒されたいと思うこともあるんじゃないんですか」

段々と聞いたことのある内容になってきたわ。

けれど、レンドール王子はここでメイリィを見つめたり手を取ったりせずに、ただ肩をすくめた。

「大丈夫だ、一応俺の傍らに立って、俺を助ける……はずだが最近それも怪しいが、とにかく、伴侶となる者もいるからな」

「ミレーヌ様、ですね」

うわー、目の前で自分の話をされるのって嫌だわ。

「お前にはミレーヌが随分迷惑をかけてしまったらしいな、済まなかった」

「いいえそんな！　殿下のせいではありません」

はいはい、みんなわたしのせいですよ。

「ミレーヌ様だって、きっと悪気はないのですわ。わたしがでしゃばったりするから……でも、殿下とお友達になれて、わたし、本当に嬉しかったんです」

「メイリィは……優しいな」

レンドール王子は呟くように言った。

やだ、今の会話できっとメイリィの好感度がアップしてるわ。

「それに比べて、ミレーヌは……」

ちょっと、違う女に婚約者の愚痴を言うつもり？

「俺の周りの者にくだらないいじめをするから妬《や》いているのかと思えば、別の男に色目を使われて煽るような態度をしたり、見た目のいい男を従者として侍《はべ》らせていたり、まったくどうしようもない女だ、おかげでこっちはヒヤヒヤするばかりでちっとも癒されない」

うわー、評価最低でした！　ショックなんですけど。

でも、妬いていじめをしたのは確かに認めるけど、色目を使われたり煽ったりなんてした覚えはないわよ。ライディの見た目がいいのはそういう人なんだから仕方ないじゃない、外見じゃなくてメンタルの強さで従者をやってるのよ、彼は。

「はは、聞いたか？　どうしようもない女だってさ、最悪じゃん」

サンディル様が笑いを含んだ声で囁いた。

わたしは黙って俯いた。

恋のライバルに自分のこと愚痴られるのって、こたえるわ。

「おい、ちょ、マジに落ち込むなよアホ女！」

うるさいわよバカ男！

「どういうわけか、俺と婚約破棄したいなどと馬鹿げたことまで言い出すし……あれがなにを考えているのか、さっぱりわからん」

ため息混じりの王子に、メイリィは言った。

「もしかして……ミレーヌ様は王妃の座に就きたかっただけなのかしら……でも、殿下に首ったけに見えたけどな。あ、実は誰か他に好きな人ができて、そちらを取ることにしたとか」

ちょっとなにを言い出すの、んなわけないでしょ！　適当なことを言って王子に揺さぶりをかけないでほしいわ。

でも、頭のいいメイリィにそんなことを言われて、王子は信じてしまったのかもしれない。顔をしかめている。

「やはり、ケインに乗り換えるつもりなのか？　ミレーヌは俺を見限って、エルスタンの国の王妃に収まる気でいるのか？　俺はそんなにいじめてないぞ！　ない、と、思うが……ううん、ケインの目にはそう見えるらしいし……」

違うわよ！　わたしはね、レンドール王子が好きで好きで、あの七面倒くさい王妃教育を幼児の時からずっとがんばってきたのよ！　じゃなかったら、遊びたい盛りの子どもが勉強を全力でやると思う？

王妃の座なんてどうでもいいの。わたしはレンドール王子が好きなだけ。

それを、乗り換えるだなんて……。結局、わたしのことを全然信じてくれていないのね。

わたしは悲しくなって、肩を震わせて涙を流した。

ばかばか、レンドール様のばか、もう知らない。

「おい、ミレーヌ……なに泣いてるんだよ」

「うるさい」

「うるさいって、誰に向かって……お前、本当に子どもだな。何だよまったく、調子が狂う女だな、もう……」

そう言いながらも、騎士らしくフェミニストなサンディル様は、わたしに胸を貸してくれた。ついでに「よしよし、泣くな」と頭も撫でてくれる。完全に子ども認定されたようだ。しかし、そのサンディル様の優しさが裏目に出た。

「あれがもっとおとなしく俺の隣に収まってくれれば……いや、おとなしいと面白くないな。俺としてはあれくらい活きがいい方が面白くて……！　誰だ？　そこにいる奴、出てこい！」

わたしがしゃくりあげた声が聞こえてしまったのか、レンドール王子に気づかれてしまったようだ。顔を上げると、彼はすぐ近くに来ていた。

「ミレーヌ……まさかお前、こんなところで逢《あ》い引きをしていたのか⁉」

「やめてくれレンドール、そういう笑えない冗談はぜっっったいにやめてくれ！　俺はそんなに趣味が悪くないからな」

冷静に言い返すのは、サンディル様。

「じゃあ何で抱き合っているのだ！」

「こんなのと抱き合うかよ、単にぶつかっているだけだと思え。まあ、こんなのでも一応女の子だからな、泣いていたら無下に扱うわけにもいかず、まあ成り行きで」

「成り行きで人の婚約者と暗闇で抱き合うとは」

「だから、違うって言ってるだろう！　他意はない！　……何だよ、どうしたんだレンドール、いつも冷静なお前らしくないぞ」

「うるさい！　ミレーヌ、お前はなぜいつもこうなのだ！」

「いたっ！」

わたしはレンドール王子に腕を強く引かれた。そのままサンディル様から引き離されてしまい、レンドール王子の腕の中に倒れ込んで鼻を打った。

うう、無駄に胸筋が発達して硬いわー。

「サンディル、またこれがなにかやらかしたのだろうが、こいつには手を出すなよ。これは俺のだからな」

「出さねーよ、出すわけねーだろ、ったく趣味が悪い。……でもまあ、つんつん女のべそかき顔は意外と可愛かったなあ。こう、いじめられた子ウサギみたいに、へにゃあっとして……うん、悪くない……やべ、つられて俺の趣味も悪くなってきたのかも」

気が緩んで砕けたその言葉を聞いたレンドール王子の顔色が変わった。わたしを包み込む腕に力が入る。

「お前がミレーヌを泣かせたのか!?　おい、こいつになにをした？　こいつを泣かせていいのは俺だけだ！」

しかし、サンディル様は「はいはい、落ち着けって」と気の抜けたような調子で言った。

「安心しろレンドール。言っておくけどな、泣かせたのはまさにお前だぞ、俺じゃなくてお前。お前こそ、他の女と婚約者の前でイチャイチャして自分の女を泣かせてんじゃねーよ。あー、サイテー、この王子サイテー」

呆れたように言うと、サンディル様は「このふたりに関わるなよ、犬も喰《く》わないからバカを見るぞ」なんて言いながら「喧嘩するほど仲がいいみたいですね、なによりです」と言うメイリィ・フォードを連れて向こうに行ってしまった。

メイリィはまだレンドール様のことが気になるらしく、ちらちらこっちを振り返っていたけれど、肩をすくめるとサンディル様に促されて会場に戻っていった。

そういえば、レンドール王子とメイリィ・フォードとの心の交流イベントがまだ中途半端だけど、ふたりともまったく気にしていないみたいだ。ヒロインなのにどうしたのだろう。他の攻略対象狙いだったとしてもレンドール様とも仲良くなれるストーリーのはずなのに。

「さて、ミレーヌ。聞かせてもらおうか」

真正面からわたしを抱き込んだレンドール王子が、頭の上で言った。怖くて上を見られない。

「なぜお前は、少し目を離すと他の男の腕の中にいるんだ？」

「それは……レンドール様こそ、メイリィ・フォードと仲良くしていたではないですか」

「俺は抱き合ったりなどはしていないぞ」

「わかりませんわ！　あのままいたら抱き合っていたかも……だって、メイリィ・フォードはどうしようもない女のわたしと違って、優しくて、一緒にいると癒されるのでしょう？　国王になる重圧をわかってくれる人なんでしょう？　レンドール様は、メイリィ・フォードが、す、好き、なんでしょう？」

わたしはまた悲しくなって、しゃくり上げながら言った。

「お前は……どうしてそう訳のわからない誤解をしてるんだ。メイリィ・フォードをそんなに目の敵《かたき》にして。彼女を何だと思っているのだ？」

「こ、恋の、ライバル？」

そうよ、彼女はわたしにとって、大好きなレンドール様を奪ってしまう、悪魔のような恋のライバルなのよ！

わたしはレンドール様に縋りつきながら、激しくしゃくり上げた。

「わたくしは、レンドール様が、大好きなのに、お嫁さんになりたくて、ずっと、がんばって、きたのに、」

彼が黙っているので、そのまま服をきつく握って言いたいことを全部ぶちまけた。

「なのに、レンドール様は、メイリィ・フォードを選んで、わたしのことを邪魔にして捨てるのでしょう！　あの子に意地悪をするわたしのことを憎んでいるんでしょう！　わたしの気持ちなんて重いだけで、鬱陶しいだけで、だから……メイリィ・フォードを選んで……」

「……」

心の中を言い当てられたせいか、レンドール様はなにも言わなかった。

ああ、もうおしまいね。悪役令嬢ミレーヌは、レンドール様の前から退場するわ。

わたしはレンドール王子の服から手を離し、胸を押しやって離れた。

「さようなら、レンドール様。もうあなたの前には現れませんわ。正式な婚約解消はまた後日に」

捨てられる前に姿を消すのは、ミレーヌとしての最後のプライドよ。

わたしは踵を返して、寮へ帰ってしまうつもりで建物の出口へと向かおうとしたが。

「きゃあっ」

強い力で再び引っ張られて、気がつくと元通り、レンドール様の腕の中にいた。

「まったく、勘違いばかりして、本当にどうしようもない女だなお前は。そんなに俺のことが好きなのか。バカな考えに捕らわれて大泣きするくらいに好きなのか、そうかそうか。まったく手のかかる婚約者だ。頭がいいくせに俺のことになると本当にバカなことを考えて……でも、そんなに好きなのか……」

キツイことを言っているはずなのに、なぜか声音が甘く感じられて、わたしはレンドール王子を見上げた。

彼は整った美しいその顔に甘い笑みを浮かべていた。

「ミレーヌ、なにをひとりでこじらせているんだ？　いいか、ちゃんと話を聞け。俺はお前と婚約解消する気はないし、お前の後釜にメイリィ・フォードを据える気もない」

「それでは愛のない結婚をして、身分の低いメイリィ・フォードを愛人として迎えるとおっしゃるの？　……レンドール様、さ、最低ですわ！」

わたしが腕の中で暴れると、彼は低い声で唸った。

「おーまーえーはー……ミレーヌ、お前の中で俺はどんな人物なんだ⁉　いっぺんその頭を割って覗いてやろうか？　ああ？」

「痛い痛い痛い、暴力とは卑怯《ひきょう》ですわ！」

ぐりぐりとこめかみにゲンコツを当てられ、わたしは泣き声を上げた。

「ほう、この頑固な石頭も痛みを感じるのだな」

「当たり前ですわ。それに、わたくしはそれほど頑固ではありません！　ちょっぴりだけです！」

んもう、頭がずきずきするわ。横暴王子め。

「とにかく、俺はお前以外の者と結婚する気はないし、愛人を持つ予定もない。だからお前は、これまで以上に勉強に励んで、俺の隣に立つのに相応しい女になればいい。俺はお前の能力を買っているし、まあ、見ていて面白いし、その……割と気に入っている！　そう、気に入ってるのだ！　だから、余計なことを考えるな……まだ納得できないのか？」

「できませんわ、どうしてわたしなのか。わがままで高飛車《たかびしゃ》で、意地悪な悪役令嬢なのに」

そういうと彼は声を上げて笑った。

「確かにその通りだな、まったく俺は女の趣味が悪い。仕方がないな、ならば、こうすればわかるか？」

「え？」

顎に指をかけられ、強引に上を向かされたわたしの顔に、レンドール王子の青い瞳が近づいてきたかと思ったら、唇を塞がれた。

「んっ」

王子の唇がわたしのそれを挟み込み、舌でペロリと舐めた。わたしは頭が真っ白になって、固まったままレンドール王子にされるがままになっている。柔らかな唇はしばらくわたしの唇を優しく食《は》んでいたけれど、やがてちゅっ、と可愛らしい音を立てて離れていった。

「な、い、今のはっ」

キスですか？

何でレンドール王子がわたしにキスなんかするんですか？

そういえば前にもされたような気がするけど、あれはその場の勢いといじめっ子の悪戯だと思っていたわ。

「俺はお前が気に入っていると言っただろう。お前は俺のものだ」

「きゃあっ、なにを」

レンドール王子はドレスの胸元に指を引っ掛けて下に下ろすと、とんでもないことにそこに唇を寄せてちゅうっと吸い始めた。

やめて、わたしは本当に男性に免疫がないのよ！　顔が近づいただけでパニックになっちゃうレベルなんだから！　なのに、わたしの胸に、そんなことを、するなんてえええええ！

わたしは顔を強張《こわば》らせて、自分の胸に顔を埋《うず》めるレンドール王子を見下ろした。

これって、セクハラ、よね？

しかも、普通じゃやらない、すごくエッチなことよね？

「レンドール様やめて、そんな不埒《ふらち》な真似は、痛いっ」

彼は白い膨らみを痛いほどに強く吸い、わたしを見上げてにやりと笑った。

「これは、お前が俺のものだという印だ」

見るとそこには赤い跡が付いていた。わたしは慌ててドレスを引き上げ、それを隠す。

「やめてください、変なことしないで」

「これでわからなければ、違うところにも付けるが……おい、そんな目で見られたら、身体中に付けたくなってくるだろうが」

「ダメです、もうやめて」

違うところって、いったいどこよ⁉　身体中にってどんだけよ！

ものすごく嫌な予感しかしないので、わたしは後ずさりながらイヤイヤと頭を振った。

「俺の部屋に来るか？　鈍感な箱入り娘のお前にもよくわかるように、丁寧に教えてやるが」

「い、行かない！　絶対に行かないから！」

「ほらまた、そんな煽るような顔をする」

顔を火照らせ、動揺して涙目になったわたしを、レンドール王子は楽々捕まえてまた腕の中に閉じ込めた。

「今夜は俺以外を見るな。さあ、踊りに行こう。あのいまいましい従者と踊った回数以上俺と踊らないと、さっきの続きをするからな」

「ひっ」

なにやら不穏なことを言っているけれど、どうやらわたしはまだこの大好きな婚約者のそばにいていいみたい、なのよね？

「レンドール様は、もしかしてわたしのことを……」

恐る恐る尋ねると、彼はまたわたしの唇に軽くキスを落として笑った。

「いろいろ面倒な女だが、今のところ、その……かなり気に入っている。いいか、疲れたら休んでもいいが、俺から離れたら許さないからな。わかったか」

「はい」

「俺以外の男に近づいたら、さっきの印を皆に見せるぞ」

「やめてください！」

「俺以外の男と喋るのも駄目だ。特に、ケインとサンディルとは絶対に口をきくな。きいたら泣かす」

「……はい」

「それから……」

何だか無茶苦茶な約束を延々とさせられながら、わたしはレンドール王子にエスコートされて踊りの輪に入る。

「とにかく、今夜は俺だけを見ていればいい」

王子はきらめくとびきりの笑顔をわたしに見せて言った。

それなら簡単なことだわ。

わたしはレンドール王子の瞳に映る自分を見て、微笑みを浮かべながらステップを踏み始めた。

恋するわたしにとって、サマーパーティーは忘れられない幸せなひと時になった。

閑話　レンドールside（半年前）

俺が婚約者となった少女を意識したのは、うるさい家庭教師から逃げ出して王宮内を走り回っていた時だった。

俺はゼールデン国の第一王子として生まれたため、王位に一番近い人間として幼い頃から厳しい教育を受けてきた。しかし、子どもだった俺はまだまだ遊びたい盛りだし、何となく自分の身分がわかり始めたこともあって、隙を見ては勉強から逃亡して、うるさい大人の思い通りになるものかと鼻息を荒くしていた。

そんな俺にはすでに婚約者がいた。彼女は公爵家の令嬢で、俺に一目惚れしてどうしても結婚したいと大騒ぎをしたのだという。

まったく女というのはませているものだ。

身分的にも釣り合うということで、公爵家に押し切られた形で進められたこの婚約に、俺はまったく興味がなかった。

婚約者であるミレーヌは、王妃教育を受けるために足繁《あししげ》く王宮に通ってきた。時折一緒にお茶を飲まされたのだが、黒い髪に少し吊り上がった子猫のような丸い黒い瞳をしたミレーヌは、俺の顔を見て嬉しそうににこにこしていた。俺は外見的には恵まれていたため、どうせそれに騙《だま》されているのだろうと、ミレーヌを邪険に扱って両親に叱られた。

ある日、いつものように脱走していた俺は、植え込みの中からミレーヌがいる部屋を見つけて覗き込んだ。彼女は教師に叱られでもしたのか、部屋に入ってきたところで立ち尽くし、黒い瞳に涙を溜めてふるふると震えていた。いつも顎をツンと上げてすましているミレーヌも、俺よりふたつ年下のまだまだ幼い子どもだ。勉強ばかりの毎日は辛いのだろう。

俺のように逃げ出すだけの根性はあるのだろうかと眺めていると、彼女は驚くべき行動をとった。部屋の中で大暴れを始めたのだ。クッションやらなにやらを手当たり次第に投げつけたかと思うと、ソファに飛び乗りこぶしをブンブン振り回しながら飛び跳ねる。まるで小さな鞠《まり》が跳ね回っているような見事な暴れっぷりに、俺はむしろ感心した。

唖然《あぜん》として見ていると、どうやら暴れ終わったらしく、こぶしで目に溜まった涙をぐいっと拭いて、いつものように顎をツンと上げた。そして、迎えに来た女性について、何事もなかったかのように部屋を出ていった。別の授業に行くのだろう。

口元に笑みさえ浮かべて部屋を出ていくミレーヌを見て、俺は何という奴だろうと思った。

俺よりも小さな女の子には、辛い毎日だろうに、周りからのプレッシャーに負けそうになることだってあるだろうに。

それらを我慢してまで、そんなに王妃になりたいのか、あの子は。

というか、そんなに俺と結婚したいのか。

勉強から逃げ回る俺を見たら、彼女はツンと顎を上げて、俺を見下すような視線をよこすかもしれない。

何となくふたつ年下の少女に負けたようで面白くなく、俺は自分の部屋に戻った。そして、その日からは真面目に勉強に取り組んだのだった。

もともとやればできる人間だった俺は、勉強面でも剣術面でもめきめきと成長し、何でもできる優等生となった。

あの日、口をへの字に曲げて悔しげに部屋の中を暴れ回っていた少女は、いまだに俺の横に立とうと王妃教育をがんばっているらしい。

そして今年、王立学園に入学してくるという。

俺を見たら、どんな顔をするのだろうか。

ツンと顎を上げて虚勢を張るのか、それとも、嬉しそうに笑うのだろうか。

撫でてやったら、俺のものになるだろうか？

癒しのお菓子

　ダンスパーティーも無事に終わりもうすぐ夏休みというある日、わたしは放課後のひとときを侍女のエルダが淹れてくれたお茶を飲みながらゆっくりと過ごしていた。

「そういえば、お嬢様は最近いじめをやめたみたいですね」

「ぶっ」

　わたしは危うくお茶を噴き出しそうになったのをこらえた。こらえたが、どうやら少し鼻の方に行ってしまったみたいで、つんとする。

　穏やかな午後に爆弾を投げ込んだのは、見た目的には申し分のないイケメン従者であるライディだ。

「ああ、そういえば、小物臭がぷんぷん漂うようなくっだらないいじめをなさっていたそうですね」

　これまた見た目は美女の辛辣《しんらつ》侍女、エルダが答える。

「イェルバン家の令嬢ともあろう者が、実家の権力を笠に着て一庶民の娘相手に嫌味を言ったり周りに仲間はずれを強要したり、どこのガキだってくらいに品性に欠ける振る舞いをずいぶんと楽しそうにしていましたね」

「あほらしくて注意すらためらうレベルですよね。お茶のおかわりはいかがですか」

そうエルダに言われたけど、わたしは鼻に入ってしまったお茶以外の理由もあって涙目になりカップを置いた。

平坦《へいたん》な口調で淡々と言われるのって、結構こたえるのよ。

「しゅ、主人に向かって小物臭とか、失礼だわ」

「主人としての尊敬が欲しいなら、それなりの行動をしていただかないと」

「やることのレベルが低すぎてお粗末ですわ」

うわーん、ふたりの目が冷たい。

「もうやってないもん」

「うわあ、『もん』とか言っちゃってあざといですね」

「涙目になるとちょっと可愛いからって、それで全部許されると思ってるんですね」

鋼のメンタルを持つライディとエルダは、とにかくわたしに容赦ない。

「そういえば、いじめられていたメイリィさんは、毎日お嬢様にキツイことを言われて涙目になっていましたよね。学園に来るのが辛かったでしょうね」

「貴族のお嬢様に言い返すことなどできない立場ですからね、よくやめずにがんばりましたよね」

「……だから、反省しているも、しているわよ」

危うくまた『もん』と言いそうになった。

いじめをしていたのは、わたしに日本の女子高生としての記憶が戻る前のことで、今はやっていない。

だって、子どもの頃から『いじめは良くない！』って刷り込まれているからね。

でも、やっぱりわたしはミレーヌなのだから、やったことに対する責任はある。

「ふうん、悪かったと思っているんですね」

「だからやめたでしょ！　もうしていないでしょ！」

涙目のまま何とか抗議をすると、ライディの透明な緑の瞳が、わたしの目を覗き込んだ。

ライディ、顔近いよ！

パーソナルスペースを考えようよ！

彼はなぜかわたしの顎にくいっと指を引っかけて言った。

「でも、謝ってませんよね」

「……」

「俺は毎日お嬢様に付き添っていますけど、まだ謝ったところを見ていない」

「……」

「未来の王妃であるお嬢様は、自分の非を認めてきちんと謝ることもできないヘタレなんですか」

目の前にアップになったイケメンが、プレッシャーをかけてにっこりと笑った。

そんなことがあった翌日、わたしがライディを連れて歩いていると前方にメイリィ・フォードが見えた。

一瞬足が止まったけど、ライディの方をチラッと見たら試すように緑の瞳がきらめいたので、ふんっと気合を入れて彼女の方へと足を速めた。

ひとりで歩いていたメイリィ・フォードは、わたしに気づくとびくっと身体を震わせ、身を翻そうとした。

「お待ちなさい、メイリィ・フォード！」

上から目線でぴしゃりと言葉を投げつけてしまう。

ああ、うっかりいつものように高飛車お嬢様モードになってしまったわ！

「ちょっとあなたに話があるの。お聞きなさい」

「お嬢様、どつきますよ」

「……お話ししたいことがあるのでお時間をいただいてもよろしくて？」

ライディに低い声で囁かれたわたしは、慌てて言い直した。

「わたしのような者になにか御用ですか」

ふわふわの金髪に丸いピンクの瞳をした彼女は、今日はわたしになにを言われるのかと脅えた顔でこっちを見ている。

その表情は、思わず守ってあげたくなるほどいたいけで可愛らしい。

さすがはヒロインである。モテモテになるのがわかる気がする。

「ええと……」

呼び止めたのはいいけれど、なかなかその先を言い出せなくて下を向いてしまうわたし。

ああ、早くしないとライディにどつかれる。

「その、ね」

「はい？」

「あの……」

目をうるうるさせながら、メイリィはわたしの言葉を待っている。

やだもう、こんなに可愛い子が恋のライバルだなんて。わたしなんか勝てっこないじゃない。

「……悪かったわ」

「え？」

「だって……だって、あなたはふわふわした金髪で瞳なんかピンクで綺麗で可愛いし頭もいいし魔力も強いし、優しくてお菓子作りなんかも得意で気も回るし、レンドール様を癒せるでしょ！　みんなあなたのことを好きになるじゃない、レンドール様だって好きになるじゃない、わたしなんか全然かなわないんだもん、わたしはつんつん顔だからメイリィみたいに可愛くないし、上から目線が身に付いちゃってるし、癒し系じゃないんだもん、だから、あなたにレンドール様を取られちゃうと思ったのよ！　あなたがいなくなれば、レンドール様はわたしのことを見てくれるかなって……わたし、だから……ごめんなさい」

「……」

「今までいじわるしてごめんなさい！」

わたしは頭を下げて、ぎゅっと目をつぶった。

メイリィは黙ったままだ。

いつまで経《た》っても言葉が降ってこないので、わたしはおそるおそる頭を上げてメイリィの顔をうかがった。

彼女は、口元を押さえて赤くなっていた。

「あの……？」

「ミレーヌ様……」

脇にいた従者が、「何ですかそれ新手のいじめですか」と呟いた。

失礼な。謝罪しただけじゃない。

「そんな……熱烈にほめていただくと、わたし、何だか……照れちゃうんですけど」

わたしがメイリィをほめていた？

わたしはぽかんとしてメイリィの顔を見つめた。

「ああもう、無自覚なんですか？　わたし、こんなに面と向かってほめられることなんてないから、やだもう恥ずかしいわ、どうしよう……」

真っ赤になって涙目になってうろたえるメイリィは、とても可愛かった。

「もうもうっ、なにを言っているんですか！　ミレーヌ様こそすごく可愛いです、品があるお嬢様だし、庶民のわたしとは大違いです」

「メイリィの方が可愛いわ、みんなの心を和ませるし、男の子にモテモテで……わたしにない魅力をいっぱい持ってるから、だからレンドール様だって……わたし、優しい言葉をかけられないし、お菓子だって作れないし……」

「お菓子なんて、慣れればすぐに作れますよ。それからわたし、殿下とはただのお友達で、ミレーヌ様の考えているようなことはまったくありませんから。わたしがこの学園に入ったのは、魔法の勉強をしていい就職口を見つけるためなんです。だから、恋愛とか興味がないんです、安心してください」

「えっ、そうなの？」

てっきりイケメンハーレムを作るために入ったんだと思っていたわ。

ここは乙女ゲームの世界だけど、物事の流れがゲームのストーリーとまったく同じに進むというわけではないのね。

「メイリィ、わたくしはあなたのことを誤解していたみたいだわ。てっきりレンドール様に気があるのだとばかり……ごめんなさい」

「いいんです、ミレーヌ様。誤解が解けてよかったです」

そういって、メイリィはふわりと笑った。

「そうだわ、ミレーヌ様、もしよかったらわたしがお菓子の作り方を教えましょうか？」

「え？」

メイリィがわたしの手を取って言った。

「意外に簡単にできるんですよ。そうですね、クッキーなら初めてでも大丈夫だと思うわ。どうですか？　作って殿下にプレゼントしたら、喜ばれるんじゃないかしら。ね？」

「いいの？　わたくしに教えてくださるの？　メイリィ……あなたって、とてもいい方ね！」

「殿下とのこと、応援させてください」

この子、マジ天使！

ありえないほどいい子だわ。

わたしもメイリィの手を取って、ぎゅっと握った。

「ありがとう。あの、もしよかったら……あんないじわるをしていたくせに、虫がいいって思われるかもしれないけど、その……」

「ミレーヌ様、よかったらお友達になってください」

「いいの？　本当にいいの？」

「はい」

天使天使天使！　マジ天使！

「もう、そんなウルウル瞳で上目遣いしないでください！　へにゃ顔したりして、可愛いんだからっ」

なぜかメイリィに頭をいい子いい子されていた。

「一緒にお菓子を作りましょうね。クッキーを覚えたらケーキも焼きましょう。きっと殿下はびっくりされますよ。学園の厨房《ちゅうぼう》をお借りしましょうよ、ミレーヌ様のご予定は？　いつがいいかしら？　今先生に頼んできちゃいますね」

しっかり者のメイリィはあっという間に厨房の手配や材料の調達までして、わたしたちは明日の放課後にクッキー作りをすることになった。

そしてなぜか、ライディに「この人たらし」と呟かれた。


「さあエルダ、お前のエプロンをわたくしに貸しなさい！」

翌日の午後、授業が終わったわたしは高らかに叫んだ。

侍女は「はいはい」と言いながら、ライディに白いエプロンを渡す。

「今日は、クッキーを作るのよ」

「はいはい」

「メイリィ・フォードと友達になったのよ」

「はいはい」

「何と、メイリィはわたくしの恋を応援してくれるというのよ、何て美しい友情でしょう」

「ものすごい手のひら返しですね」

「呆れを通り越して、いっそ清々《すがすが》しいな」

「これもわたくしが潔く非を認めて頭を下げたからです。勇気ある振る舞いですわ」

「自画自賛」

「鬱陶しいな」

「なによ、お前たちがわたくしをほめないからでしょう！　わたくしはほめて伸びる子なのよ」

「はいはい」

「偉い偉い偉いからもう黙りなさいお嬢様」

歯をむき出して笑いながら、ライディがわたしの頭をグシャグシャと撫《な》でた。

「痛い痛い痛い、乱暴者っ！」

わたしはライディの手から逃れて頭を押さえた。

「あのね、子どもは叱ったら倍ほめないといけないのよ」

「確かにお嬢様はお子様ですが、うっかりほめるとすぐ調子に乗りますからね」

エルダがそう言いながら乱れたわたしの髪を素早く整えた。

「早く行かないと、メイリィさんを待たせてしまいますよ」

「あら、いけない。行くわよ、ライディ」

わたしは従者の開けたドアから出て、エルダを振り返った。

「上手くできたら、エルダにもクッキーをお土産に持って帰るからね！」

エルダは口の端でふっと笑い、「行ってらっしゃいませ、お嬢様」と頭を下げた。


「では、行きますわよ！」

厨房で、エルダのエプロンを着けたわたしは気合いを入れる。

手に持った卵を、そっと台に打ちつけた。

こん、こん、と慎重に何度か叩くと、卵にひびが入る。

「ひびの真ん中に両方の親指をかけて」

「こうかしら？」

「そうです、そのまま開くように力を入れて……そうよ」

器《うつわ》の中に、ポトンと生卵が落ちた。

「できましたわ！」

前世の記憶があるとはいえ、残念な女子高生だったわたしは恥ずかしながら卵もろくに割れない女子でした。バレンタインデーの友チョコも、溶かして型に流し込むだけなのに、なぜか油と変な固まりに分離させて失敗してましたが、なにか？

「上手にできましたね。殻が入っていないか、よく見てください。殿下が食べた時にガリッとしたら大変ですからね」

「ええ、レンドール様に卵の殻を食べさせるわけにはいきませんもの」

そんなことをしたら、変なお仕置きをされそうだしね。

卵の殻を確認したら、さっきバターとお砂糖を混ぜてふわふわになるまでかき混ぜたものに加え、またよく混ぜる。そこに、メイリィが小麦粉を振るいながら入れた。

「ここはさっくりと、底からこすり上げるように混ぜて、あまりこねないで」

「わかったわ」

炒《い》った木の実と干して刻んだ果物を入れたクッキーだねを、天板にスプーンで落として焼いたら出来上がり。

「すごいわメイリィ、わたくしクッキーを作れたわ」

「あまりオーブンに近づくと火傷《やけど》しますよ。あら、鼻の頭にたねが付いているわ」

メイリィが鼻を拭いてくれた。

「ありがとう」

わたしが言うと、メイリィは笑った。

「本当に、ミレーヌ様は率直な方なんですね。いじめもわかりやすかったし。あら」

メイリィがうっかり言っちゃった、と口を押さえた。

「……いいのよ。本当のことだから。わたくし、腹芸が苦手なのよ。貴族ならば必要なのに」

わたしはため息をついた。

「だから、あなたにレンドール様を取られると思って突撃しちゃったの。くだらないことをしてごめんなさい」

「陰険なことをされるよりも、むしろよかったですよ」

メイリィが落ち込むわたしを慰めてくれた。

「この学園に入学する時、辛いことがあるのはある程度覚悟していたし、あれくらいでは負けませんよ。庶民は打たれ強いんですから」

「たくましいのね」

「ええ、いい就職口を見つけるためにはがんばりますよ、わたし！」

このヒロインは、見た目と中身が随分違うみたい。

「そろそろ焼けたかな」

熱いからここはわたしがやりますね、と言って、メイリィがクッキーの載った天板をオーブンから出してくれた。

「まあ、ちゃんとクッキーだわ！」

「味見してみましょう」

あつあつのクッキーを頬張りながら、わたしたちは美味しい美味しいと笑った。メイリィと一緒に作ったクッキーは、何だか特別に美味しい気がした。

「ライディ、こっちにいらっしゃい」

部屋の隅で待機していたライディを呼んで、口にクッキーを放り込んだ。

「どう？　美味しい」

「うまい」

イケメン従者はもぐもぐと口を動かしていて、それがちょっと可愛くて笑ってしまった。あの王子にやるのはもったいないな、という呟きが聞こえたのは気のせいだろう。

後片付けをしてから、レンドール王子に渡す分のクッキーを紙袋に入れた。

喜んでくれるかな？

そういえば、わたしがレンドール王子に手作りの物をプレゼントするのは初めてだ。

今まではお金にものを言わせていたからね！

メイリィに「がんばって！」と見送られ、わたしは王子のいる建物に向かった。

王族であるレンドール王子は、寮ではなく特別な離れに暮らしている。ちなみに、隣国の王子であるケインもそっちにいる。わたしは扉をノックして、レンドール王子の侍従《じじゅう》に取り次ぎを頼んだ。

実は、入学した当初、レンドール王子会いたさに何度もここに押しかけて、わたしは出入り禁止になっているのだ。

「お渡ししたい物があるから、レンドール様に取り次ぎなさいと言っているのよ」

「しかしながら……」

「中には入らないわ。レンドール様はいらっしゃるんでしょう？　お会いできないとおっしゃるなら、これをお渡しして帰りますわ」

本当は直接手渡ししたいんだけど。

侍従がしばらくして戻ってきた。ちょっとびっくりした様子だ。

「殿下が中でお待ちいただくようにとおっしゃってます」

あら、出入り禁止は解かれたのかしら。

ライディを連れたわたしは王子の部屋に案内された。

「従者の方はここで待機していただきます」

促され、クッキーを持ったわたしはひとり中に入った。

「お嬢様、ふたりっきりになったからって、殿下に襲いかかっちゃダメですよ。『わたくしたちは婚約しているから少しくらいいいでしょう』っていうのはなしでお願いします」

「なっ、ライディ、お前はわたくしを何だと思っているの！」

とんでもないことを耳元で囁く従者を睨みつけてから、侍従に案内されたわたしはレンドール王子の部屋に入った。

襲いかかるですって？

前世の記憶を取り戻した今は、残念ながらあんなキラキラ眩《まぶ》しい生き物に襲いかかるなんて勇気は持っていませんからね。まあ、元のミレーヌもそんなはしたないことはしていないけれど。

「失礼いたします」

誰もいなかった。

とりあえず、クッキーの入った紙袋を持ったまま、そこにあるソファに座って王子を待つ。

「待たせたな」

「レンドール様、ごきげんよ……ひぃっ」

立ち上がり、現れた王子に向かって挨拶をしかけたわたしは、喉から変な声を出して息を呑んだ。

思わず腕に力が入り、胸に抱えた袋からはバキバキバキと嫌な音がした。

王子、何で上半身裸なんですか⁉

男の子の半裸なんて日本で生きていた時の学校のプールの時間で見慣れているはずなのに、心の準備もなく見てしまったレンドール王子の身体は、わたしのメンタルに大きなダメージを与えた。

だいたい、かっこよすぎるのだ。服を着ている時にはわからなかったけど、細身ながらも鍛えている身体は筋肉の形がはっきり浮き出していて、芸術のように美しい。肩の辺りは綺麗な三角を描いて、お腹なんて腹筋のすじが入ってしゅっとしている。腕のラインもしっかりついた筋肉で男らしくたくましい。

これはやばい。この目のやり場に困るくらい魅惑的な身体に秀麗な金髪の美形顔が付いていて、わたしに向かって笑いかけてくるのだ。

全身の血流が一気に沸き上がって、いろいろな血管に負担がかかってまずいことになりそう。主に鼻の血管が。

わたしは鼻を押さえ、大きく後ずさった。

「ちょうど今、剣の訓練をしてきて湯浴みをしたところなんだ。授業でやるだけでは足りないからな」

そんなことを言いながら、肩に引っ掛けていたシャツに腕を通す。お付きの者が世話をしに来ないところを見ると、彼は身の周りのことは自分でやる主義らしい。器用にボタンを留めると、わたしに近づいてきた。

「そ、そうなのですか。ご熱心ですわね」

だからいいお身体をなさっているのですね。

今夜の夢に出てきそうだわ。

「王族には近衛が付くと言っても、いざという時に自分の身を護れるくらいには鍛えておかないとな。人の力に頼ってばかりのお飾りの国王にはなりたくない。お前もそうだろう?」

「はい?」

「お飾りの王妃になりたくないから、がんばって教養を身に付けているんだろう」

「……そうですわ」

わたしは、上から目線で威張っているだけではなく、レンドール王子の横に立つのに相応しくありたいと思って、幼い頃から努力を重ねてきたのだ。

それを、レンドール王子はわかっていてくれたの？

「いろいろ迷走することもあるが、お前はなかなかよくやっていると思うぞ」

「レンドール様……ありがとうございます」

ものすごく優しい笑顔でほめられて、わたしは嬉しくて、今度は別の意味で顔が熱くなった。

そっと手で頬を押さえる。

「充分強くなって、お前の身は俺が護ってやるからな、安心してそばにいろ」

この部屋に誰もいないからですか？

甘い！　王子がものすごく甘いんですけど！

大好きな、とびきり素敵な王子様にそんなことを言われ、わたしは嬉しすぎてクラクラした。

マジ倒れそうです。

「それで、俺に何の用事だ？」

そうだ、王子の素敵発言にぽおっとして、用件を忘れるところだった。

「ええとあの……その前に、ひとつお聞きしてもいいですか？」

「かまわない」

「今日はどうしてレンドール様のお部屋に入れてくださったのですか？　いつもは玄関までなのに」

出入り禁止が解除されたのかしら。

「あれは、お前が愚かな振る舞いをしていたからだ。メイリィに妙な対抗心を燃やして俺にべたべたまとわりついて、ここまで押しかけてきていただろう。だから少し距離を置こうと思ったんだ。でも、どういう心境の変化があったのか知らないが、ここのところのお前はまともに戻ったらしいからな、許可した」

「あ、えーと、すみませんでした」

変に嫉妬して、馬鹿なことやってましたすいませんっ！

うっかり女子高生バージョンの言葉遣いで謝ってしまう。

さっきのライディの『襲っちゃダメ』発言も、その辺りから来たのだろうか。

「そのことに関しては、言い訳しようもございません。ご迷惑をおかけしました」

「ああ、迷惑だった」

うわーん、キラキラした笑顔できっぱり言わないで！

「ええと、でもですね、メイリィとの問題は解決しましたわ。今日はメイリィと一緒にお菓子を作ったのでお持ちしましたの。……あら？」

紙袋を振ったら、なにやら不穏な音がする。そっと紙袋を覗くと、何とクッキーが割れていた。

さっき、レンドール様の裸を見てびっくりした時に、手に力を入れちゃったせいだわ。

「申し訳ありません、クッキーが割れてしまいましたの。こんなものをレンドール様に食べていただくわけにはまいりませんわ」

せっかく上手にできたのに。

わたしがしょんぼりしていると、頭の上に手が乗った。そのまま、ぽんぽんと軽く叩かれる。

「そんなにがっかりするな。お前が俺のために作ってくれたんだろう？　多少割れたからって気にしない、腹に入ってしまえば一緒だからな」

そう言うと、レンドール様は侍従を呼び、テーブルにお茶の用意をさせた。

「ここに座れ」

ソファの隣を示されたわたしは、レンドール様の横に座った。今日のレンドール様はとても機嫌がよく、いい雰囲気なので、わたしは嬉しくなった。

「メイリィが素朴な味わいのクッキーの作り方を教えてくれましたの。木の実や果物が入っていますのよ。普段レンドール様が召し上がっている高級なお菓子とは違いますけど、たまにはこういうのもよろしいかと思いました」

「そうか。怪我などしなかったか？」

「はい、大丈夫です。わたくしが火傷をしないようにって、メイリィがとても気をつけてくれて……まるでお母様みたいなんですのよ」

レンドール王子は面白そうに声を上げて笑った。

「ずいぶんと大きな子どもができたな。彼女はしっかり者でお前はうっかりしているから、ふたりの様子が目に浮かぶ」

「まあ、酷いわ。でも、美味しくできましたの。焼き立てをライディの口に放り込んだら、彼も美味しいと言っていましたわ」

「なに？」

それまで和やかだった雰囲気が、急に険しい顔をしたレンドール王子のせいで一転した。

「……俺のために作った菓子を、俺が食べる前にあの男に食わせたと？」

「え、あの」

わたし、地雷を踏んだ⁉

「しかも、お前の手ずから口に入れたというのか」

「違うんです、毒見をさせただけなんです、たまたま護衛で近くにいたから」

「そうだな、あの男はいつもお前の近くにいるな……目障りなことに」

だって、従者だもん。

ボディガードだもん。

それは近くにいるでしょう。

「ミレーヌ……あまり男に気を許すな」

レンドール王子が、思わず離れようとしたわたしの腰に手を回して、ぐいっと引き寄せて言った。

「お前はもう十六だな？　十六にしては少々振る舞いが子どもじみている。やっていいこととといけないことの区別がついていない」

「レンドール様」

近い！　近いよ！

わたしは彼の胸板を両手のひらで押したけれど、まったく離れてくれなかった。

「申し訳ございません」

「なにがいけないのか、わかっているのか？」

「ええっと……」

あーん、綺麗な顔が迫ってきて怖いんですけど。

これこそやってはイケナイことだと思うんですけどっ！

「レンドール様、申し訳ございません、ね、謝るからちょっと離れてくださいませ」

涙目になったわたしが言うと、彼は鼻と鼻がくっつくんじゃないかと思うくらい顔を近づけて言った。

「お子さまのミレーヌも、さすがにこうすると危機感を感じるというわけだな」

至近距離でしばらく見つめ合い、わたしがぶるぶると震えていると、レンドール様が笑った。

「俺たちは婚約しているのだから、少しくらいいいだろう？」

わー、どっかで聞いたセリフだよ！

ライディに釘《くぎ》を刺されたやつだよ！

「いけませんわ、お願いです、離して」

とうとう一粒、ぽろっと涙をこぼすと、レンドール様はそれを親指で拭って言った。

「……では、仕置きを与えよう」

どうしてこうなった？

クッキーの袋を抱えたわたしは、ソファでレンドール様の膝の上に横抱きにされていた。

「それでは、お前が作った菓子を食べよう」

「でも、この体勢は……」

「早くしろ」

とろりと蕩《とろ》けそうな笑顔のレンドール様が言う。

わたしは割れたクッキーを指先で摘むと、少し開けた美しい唇の間にそっと差し入れた。慌てて指を引っ込めると、レンドール様がクッキーを咀嚼《そしゃく》する。

「うん、なかなか美味いぞ」

「それはよかったですわ」

「もうひとつ寄越せ」

何だか猛獣に餌付《えづ》けをしているような気分だ。また欠片を摘むと、開いた口の中に入れる。その手を摑まれた。

「きゃ」

声を上げたわたしの目をじっと見つめがら、レンドール様はわたしの指ごと口に含んだ。

「やあっ」

指先をねっとりと舌で舐められたわたしは、小さく悲鳴を上げる。

「美味い」

舐めた！

指舐められた！

「なにをなさるのですか」

「菓子の粉がついているから、舐め取っただけだが」

「舐め取っただけって……普通こんなことをしません」

「ほら、早く残りを食べさせろ」

聞いてない！

妙に色っぽい顔をした金髪のキラキラ王子様は、有無を言わさず命令する。

「うう……」

「こういうことをしていいのは、俺だけだからな。わかったか？」

「でも……」

「でもじゃない。こんな真似を他の男にしたら、そいつを殺す。だから、二度とやるな」

「ライディは指を舐めたりしていません！」

「当たり前だ。舐めていたらあの男を斬り捨てている」

「！」

「早くしろ……それとも、口移しでくれてもいいが、どうする？」

「ひいっ」

急いでクッキーを摘んで口に入れると、今度は手のひらまで舐められた。

「甘いな」

半ベソをかいたわたしが袋の中のクッキーを全部食べさせるまで、この精神力をガリガリと削るお仕置きが続いたのだった。


「うわあああああん」

自分の部屋に戻ったわたしは、ベッドの上で叫びながらごろごろと転がりのたうち回った。そんなわたしを冷たい目でライディが見ている。

「襲ったんですか？　襲われたんですか？」

「どっちでもないわよ！　そのような不埒なことはしていません！　ライディの変態！」

「お嬢様の身悶《みもだ》え方の方が変態的ですけど」

ぼそりと言い返された。

クッキーを食べさせただけなのに襲われた気分でいっぱいなのは、わたしの勘違いなのかしら。

「レンドール様のやることがわからないのよ。何であんなに怒るのかしら」

「なにをして怒られたんですか？」

「……ライディの口にクッキーを放り込んだことを話しただけ」

「はあっ⁉」

ライディは両手を広げて大げさに呆れ顔を作って言った。

「ばっかですねー、お嬢様は本当にばかです、何でそんなことを言っちゃうんですか。言っちゃダメなことがわからなかったんですか。狼《おおかみ》の神経を逆撫でしたようなものですよ。ああやだやだ、俺にまでとばっちりが来たらどうするんですか、本当に迷惑ですね！」

「ちょっと、何でかわからないって言ってるんだから、わたくしに教えなさいよ！　さあ、どうして怒られたの？」

「……これは殿下が気の毒ですね。先が思いやられます」

「……何でわたくしを悪者にするのよーっもおおおおおおーっ」

ライディはため息をつき、わたしは枕に顔を埋めて唸った。とりあえず指を拭くものを持ってきてほしいけれど、あんなことをされたからと口にしてはいけない気がする。それに……思い出すと色っぽいレンドール王子の顔が目の前に浮かんできてしまい、胸の動悸が激しくなる。

「ああもう、男の方の考えることがさっぱりわからないわ！」

「お嬢様はお子様ですからね。仕方ないですから、そうやっておいおい男のあしらい方を学んでいってください。それもまた王妃教育の一環ですよ、お嬢様」

ミレーヌ十六歳、どうやら大人になり切れていないらしいです。

恋と魔法とライバルと

「何だか……レンドール様とわたくしの間に、食い違いのようなものがあるような気がするの」

寮の自室で寝る準備を終えたわたしは、夜着の上にガウンを羽織り、侍女のエルダが用意してくれた、香りの良いお酒をちょっぴり落としたミルクのカップを持って言った。

「学園に入学して、レンドール様にお会いできる機会が増えたから、婚約者としてもっとお近づきになれると思ったんだけど」

そう、ここに入る前は、たまに王宮でお会いしたり、うちの屋敷にレンドール王子がお茶に来てくれるぐらいで、そうそう会えなかった。でも、今は同じ校舎にいるわけだから、普段からレンドール王子を見かけることもあるし、運がよければ剣術の授業で剣を振るっているかっこいいところを目にすることすらできるのだ。そしてもちろんレンドール王子会いたさに、わたしはしょっちゅう上級生の教室に行って迷惑がられていた。

あ、今は控えているわよ。

「近づいているじゃないですか。殿下からいろいろ手を出されて」

ライディがあっさりと言った。

「楽しそうですよ、口づけされたりとか舐められたりとかキスマークを付け……」

「わあああああっ、ライディ、そういうことはもっと婉曲《えんきょく》に表現なさい、はしたないっ！」

「これ以上余計なことをされないでくださいよ、いくら婚約しているからといって、嫁入り前の令嬢が卑猥《ひわい》なイチャコラをしたら、不名誉でどうしようもないですからね」

「されたくてされているわけじゃないわ！」

卑猥なイチャコラってなに？　って聞きたかったけど、ライディにずばり言われたら大事ななにかを失くすような予感がして聞けない。

この従者は主《あるじ》に対して遠慮というものがないからね！

「俺は殿下を煽るような真似は控えろって言ってるんですよ。お嬢様はお子さま思考にも程がある」

んもう、お子さま思考って言うけどね、それは仕方がないと思うの。

だって、ミレーヌとしては、レンドール王子の婚約者に決まって以来、当然のことながら他の若い男性との接触なんて許されない箱入り娘として育ったわけだし、転生前の日本でも彼氏なんていなかったんだもん。

もちろんイケてる女子高生には中学の頃から彼氏がいて、大人の階段をのぼっちゃったりした子もいたかもしれないけれど、わたしもわたしの周りにいた友達もそこまで進んだことはなくって、せいぜい誰かに恋してその姿を見ただけでときめいていたり、マンガや小説やゲームのキャラクターに萌《も》えてドキドキしたりしている可愛らしい子たちばかりだった。

ええ、フォークダンスの時くらいしか生身《なまみ》の男子に触ったことがありませんでしたが、なにか？

それにね、マンガや小説は大好きで読んでいたけれどね。

それらによると、男女交際はまず告白してお付き合いするようになったら、デートしたり手を握ったりするものでしょ？

しかも、最初のデートでは手を繋ぐか繋がないかっていうくらいの進行度でしょ？

確かにわたしとレンドール王子は婚約中でお付き合いしている期間は長いけど、今までふたりっきりになったことはないし、ダンスを踊る時以外には手も触れたことがなかったのよ。

せいぜい若干悪ガキモードが入っていた王子に頭をどつかれたことがあったくらいよ。

それが、いきなりちゅーですよ、ちゅー！

びっくり仰天ですよ！

「わたくし、レンドール様をお慕いしているけれど、お近づきになる過程が何だか違うと思うの。男女の交際というものは、まずはふたりでデートして、手を繋いで、そういうものじゃなくて？」

「十四歳でデビューした夜会で王子に何度かエスコートされて、手を繋いで踊っているじゃないですか。ダンスをする時なんて、下半身をぴったりと密着させてますしね」

「密着って、やだっ、あれは別よ！　公式な場でのマナーでしょ？　繋ぎたくて繋いでいるわけではないわ。そうじゃなくてこう、心の底から手を繋ぎたいなーって思いがこみ上げて、ちょっと恥ずかしくてなかなか言い出せなくて、でも『人が多くてはぐれそうだから』とか言ってさりげなく繋いだりして、そういうことの積み重ねがまず必要だと思うのよ」

「……」

ライディとエルダが残念な子を見る目でわたしを見ている。だがしかし、わたしは間違ったことを言っていないと思う。

「お子さま婚約者といろいろ真っ盛りの青年王子、か」

ライディは大きくため息をつき、エルダが冷静な口調で言った。

「お嬢様、王妃の務めの中で最も大事なものは何だかわかっておられますよね」

「え、えーと……国王を補佐すること？」

「違います。王妃にしかできないことです」

「？」

「お世継ぎを産むことですよ。補佐とか仕事とか、そんなのは他の者に振ることができますが、王の子どもを産むことは王妃にしかできないのです」

「まあ、それはそうね」

この国は基本的には一夫一婦制なので、そう簡単に王妃以外の女性が王の子どもを産んでしまっては困るのだ。

「結婚したら、国中からご懐妊を待たれますよ。ちなみに、お嬢様が輿入《こしい》れなさるのはいつだか、わかっておられますよね」

「ええと、レンドール様が卒業なさったら、だわ」

「そうです。お嬢様はまだ二年間この学園で学ばれますが、それは王太子妃として在籍するわけです」

そうなのだ、わたしは学生結婚になってしまうわけだ。

ライディがエルダの言葉を引き継いで言った。

「つまり、あと一年経《た》たずに夫婦になって、せっせと子作りしなくちゃならないわけですけど、お嬢様、手を繋いだだけじゃ子どもはできないって知ってますよね?」

「当たり前よ!」

それくらい知ってます! 小学生の時保健体育でやりましたからね。

わたしはライディを睨んだ。

「それはよかったです。レンドール王子は十八歳、可愛い婚約者と子作りしたいお年頃なんですから、もうこれ以上殿下を煽るような真似はやめてくださいね。そして、手を繋いでどうのこうの言っていないで、結婚したらがんばって励んでください」

「は、励んでって……」

それはやっぱり、レンドール王子とあーゆーことやこーゆーことをするというわけで。

ちゅーから先? ちゅーから先に進むの? そしてレンドール王子は『子作りしたいお年頃』で、いつも麗しく文武両道の素敵な王子様に見えるあの方は、実は心の中でそんなことを考えているというの?

えーっ!?

わたしは顔に血が上るのを感じた。

「汚れた大人のライディならともかく、レンドール様がそんなことを考えているなんて……嘘よ、信じたくないわ」

「俺は汚れてませんから。むしろお嬢様が異常に幼いだけですから。十八歳の男は嫌がらせで女性を舐めたりしませんからね。もう蛇のしっぽを摑んでお嬢様を追い回した殿下じゃないんです。あぁなるほどそうですか、お嬢様はそこまで考えずに、幼児の憧れの延長で殿下にべたべたしていたんですね、あーカワイイ」

「ええ、本当にお嬢様はカワイイですわね。あざといくらいに天然でカワイイですわ」

「こんなにカワイイ婚約者を持って、殿下は幸せですが不憫《ふびん》ですね。男の事情にまったく気がつかないんですから。残酷な婚約者に無意識にカワイク煽られて、殿下はどれだけ男の欲望を抑えつけさせられたんでしょう。ああお気の毒な殿下、こんなにカワイイ婚約者を持ったばっかりに」

「ちょっとお前たち、そのカワイイって全然意味が違ってるでしょ！」

わたしの中でカワイイがゲシュタルト崩壊しているわよ！

「真面目な話、そういうことですから、お嬢様、もう少しいろいろ考えて行動してください。刺激しないか、もしくは殿下の情熱を受け止めつつ一線は死守するか」

そしてエルダがクールに言った。

「でも安心なさってくださいな、万が一死守しそこなった時には、すぐにわたくしにおっしゃっていただければ、用意しておりますので」

「なにを？」

「身体に優しい魔法避妊薬です。一応建前は、ご結婚なさる時までは清純な処女《おとめ》ということですのでね」

美人侍女ににっこり笑いながら言われたわたしは、さらに顔を赤くすることになった。

何だかぐったりしてしまったわたしは、冷めたミルクにお酒を追加してもらってぐいっと飲み干し、そのままベッドに入ったけれど、興奮してしまったのか（いやらしい意味ではなくてよ！）レンドール王子が魅惑の笑みで夢に現れてなかなか眠れなくって、心臓に悪い一夜を過ごした。


翌日は寝不足のまま、着替えて朝食をとり、教室へと向かう。今日の午前中は魔法の授業だ。

実はわたし、お勉強とかダンスとかお作法はそこそこいい線いっているんだけど、この魔法がどうにも苦手だった。

魔法は持って生まれた才能に左右されるところが大きい。わたしの魔力は測定するとかなりの高値を示して、それだけを見ると上級魔術師クラスなんだけど、残念なことにうまく発動させることができない。身体の中に魔力が渦巻いてしまって、外に出すことができないのだ。

そのため、小さな火をともしたりちょっぴり水を出したりといった生活魔法と簡単な回復魔法は使えるし、机上での研究は先生にもほめられる高レベルなんだけど、攻撃魔法も魔力付加も結界作成も、発動となると実戦に使えるレベルにはならないのだ。

「ミレーヌ・イェルバン嬢、大丈夫ですか？　無理をしてはいけません。魔法の鍛錬に焦りは禁物ですよ」

今日も先生の指導のもとで何とか魔力を放出できないものかとがんばってみたんだけど、結局身体を突き破りそうなほどの魔力が体内で暴れて、とうとうぐったりと座り込んでしまった。睡眠不足と疲労で身体に力が入らない。

「暴走しましたね」

「申し訳ございません、せっかくご指導いただいておりますのに、わたくし、今日はこれが限界のようですわ」

「失礼。お嬢様を医務室にお連れいたします」

練習場の隅に控えていたライディがやってきて、わたしを横抱きにかかえ上げた。

「お嬢様、落ちないようにしっかりとお摑まりください」

わたしはライディの首に手を回して摑まった。

「ああもう、みっともないわ」

「我慢なさってください。魔力が身体にダメージを与えていますからね、しっかりとお休みにならないと回復しませんよ。みっともないと思うのなら、立てなくなる前にやめてください」

「……はい」

わたしは荒い息をつきながら、ライディの肩にこてっと頭を預けて力を抜いた。

魔法の授業中にはこれまでもこうなることが多々あったので、魔法学の先生も「完全に落ち着くまで休んでいなさい」とわたしを見送った。

練習場から校舎に入ったところで、がやがやと騒がしい声が聞こえた。どこかのクラスが早めに授業を終えたようだ。

「ミレーヌ！」

ライディの腕の中で目をつぶって揺られていたわたしは、聞き慣れた自分の名前を呼ぶ声にはっと目を開けた。

この、どこの声優かというくらいに素敵に響く麗しい声の持ち主は。

「お前はなにをやっているんだ」

金髪をなびかせて足早にこちらに近づいてくるのは、我が婚約者のレンドール様だった。その宝石のような深いブルーの瞳には、なにやら剣呑《けんのん》な光がたたえられている。

あ、これ、まずいパターンだ。

従者にお姫様抱っこされているわたしは、嫌な予感で身を固くした。

「……顔色が悪いな。どうした？」

明らかに腹を立てた表情で近寄ってきたレンドール王子だったけど、わたしの顔を見ると眉をひそめて言った。手を伸ばしてわたしの頬にそっと触れる。

昨夜、ライディとエルダにいろいろ刺激的な話をされたため、わたしは妙に緊張してしまい、思わずビクッとした。その様子を見た王子がすっと目を細めた。

「お嬢様は、魔法の授業中に制御できない魔力が体内で暴走してしまったのです」

レンドール王子から、なにか冷たいものが漂ってきているけど、鋼のメンタルを持つ従者はそんなものは気にもとめずにサラッと説明する。

「大丈夫ですわ、よくあることですの」

わたしは息も絶え絶えに言い、レンドール王子に笑いかけようとしたけれど、気分が悪くてできなかった。

あー早くベッドに横になりたい。

「救護室にお連れするところですので、失礼いたします」

「待て」

その場を辞そうとするライディを、王子が止める。

「ミレーヌは俺が連れていこう」

キラキラ王子様は、とんでもないことを言い出した。当然ながらライディは断る。

「いいえ、殿下にそのようなことをさせるわけには参りません」

「構わん。ミレーヌは俺の婚約者なのだから、そうする義務がある」

「義務ならば従者のわたしが肩代わりしますからご心配なく」

「ならば、権利だ。俺には権利がある」

「……俺の女に触るな的な？　婚約者の権利を振りかざしちゃいますか？」

ライディったら王子に向かって何つーことを言うのよ！　不敬にも程があるわ。

ってゆーか、どーでもいいから早く救護室に連れてってください。気持ちが悪いです。

「……そうだと言ったら？」

あれ？　レンドール王子が認めちゃった？

わたしは魔力酔いでクラクラする頭で、半分くらいしか理解できないながらもふたりのやり取りを聞いていた。

「おや、そうきましたか。殿下がそこまでおっしゃるのなら、今回はうちの大事なお嬢様をお預けしますかね」

ライディは真面目くさった顔でそう言うと、わたしをレンドール王子に向かって差し出した。

「はいどうぞ。いつも通りに少し寝かせていただければ回復しますので」

「心得た」

レンドール王子は危なげなく受け取ると、ライディの首に絡められていたわたしの腕を外し、それを自分の首に絡め直してにやりと笑った。体調が悪くてぼうっとなっていたわたしが彼の首にしがみつくと、「そうだ、しっかり掴まれ」と抱える手にも力を入れる。

「それでは殿下、お嬢様をお任せいたしますが……くれぐれも信頼を裏切ることのないように頼みますよ」

ライディがドスのきいた低い声を出したので、少し驚いた。

「……わかった」

レンドール王子は少し気圧《けお》されたようだったけれど、ライディの態度に腹を立てることもなく答えてわたしをしっかり抱きかかえ直した。さすがに熱心に身体を鍛え上げているだけあって、わたしの世話をし慣れている従者のライディに劣らない安定感だ。安心して頭を預けて目を閉じると、王子は医務室に向かって足を進めた。

レンドール王子は具合のよくないわたしを気遣ってくれているらしく、しっかりと抱き寄せながら長い脚でゆっくりと歩いて運んでくれたので、そのゆらゆらした振動が心地好《ここちよ》かった。

それに、王子は何だかいい香りがする。あまり甘くない花のような、ハーブのような香りだ。きっと高級な石鹸《せっけん》でも使っているのだろう。

キスとかそれ以上のことは何だか抵抗があるんだけど、こうして大好きなレンドール王子にくっついているのはドキドキしつつもとても幸せな気持ちになる。

それだけじゃあダメなのかな?

恋愛って難しいね。

フワフワした幸福感の中に漂っていると、医務室に着いてしまったようだ。

「あら、殿下。ミレーヌ嬢はどうしたの?」

長い茶色の髪を後ろでキリッと束ねた学園の女性医師が、ぐったりしたわたしの手首に触れて体調を探りながら言った。

「魔力が体内で暴走して魔力酔いを起こしたらしい」

「うん、そのようね。ミレーヌさん、お返事できる?」

「はい……せんせ……いつものなの……」

うー、クラクラするよー。

呂律《ろれつ》が回らない。

「毎回お説教するのもあれだけど、あなたはがんばりすぎ！　もうちょっと手を抜かないと、いろいろ辛いわよ。いくら恋人のためでもそれはよくないわ。殿下からも少し言ってちょうだい。はい、こっちに寝かせて」

ベッドに下ろされたけど、何だか離れがたくてつい首に回した手に力を入れて顔を擦り寄せてしまったら、レンドール王子の顔が少し赤くなった。

「くっ、これは……かなりクるな」

レンドール王子はそっと首からわたしの手を外すと、そのまま握ってくれる。

「特に治療はいらないから、酔いが醒《さ》めるまで休んでなさいね。わたしは隣の部屋でお昼にしてるから、なにかあったら呼んでね」

先生はそう言うと、カーテンを引いて向こうに行ってしまった。

「ミレーヌ、大丈夫か？」

「ん、だいじょぶ、れす」

しまった、眠くて噛んだ。

「眠るまでここにいてやるから、ゆっくり休め。治ったら説教だ」

「やだ、おこんないで」

レンドール王子の手が優しく頭を撫でている。

「怒らない。ただ、先生の言う通り無理はよせと言いたいだけだ」

「だって……がんばらないと、何でもできないと……レンドール様と結婚できなくなっちゃうから」

「それだけ肝が据わっていれば、充分王妃になれるぞ」

頬を撫でられるのが気持ちよくて、くふんと鼻を鳴らしながら顔をすりすりと擦り寄せる。

「ほんとに？」

「本当だ」

「結婚してくれる？」

「まあ、婚約しているからな」

「レンドール様」

「何だ？」

「だいすき」

小さい頃に婚約して、悪ガキモードに入った王子には意地悪されたりしたけれど、いつも最後は「これはおれのたちばじょう、しかたなく、なのだからな」なんて言いながら泣きべそをかくわたしをおんぶしてくれて。

いつの間にかすごくかっこよくなっちゃったから、心配だった。わたしがこの人の隣にいてもいいのかなって。

大好きって言うと、いつもばーかばーかって真っ赤な顔で言って、わたしの誕生日にはお城の花壇からバラの花をちぎって持ってきた、見かけは天使、中身は悪魔っ子だった王子様。今は完璧王子になっちゃって隙のないイケメンだけど、あの悪ガキはもういなくなっちゃったのかな。

「……ばーか。早くよくなれ」

やっぱりばかって言われたから思わずくすくす笑っていたら、また「ばーか」って言われて、柔らかいもので唇を塞がれた。

ぐっすりと眠ったわたしが目を覚ましたのは、もうお昼休みもとっくに過ぎた頃だった。

「ふああ」

ベッドの上で伸びをしてから、そっと起き上がってみる。

うん、大丈夫。めまいもしないし、気分も上々だ。睡眠不足は解消されたみたい。

何だかいい夢を見たな。夢の中ではレンドール王子と手を握ってお話して、とても幸せな気分だった。普段からあんな風にお喋りしたり、手を繋いで歩いたりしてみたいわ。

そう、いわゆるデートだよね。前世でもしたことがないなあ。

「ミレーヌさん、失礼するわよ」

ベッドに座ったままぼんやりしていたら、わたしが起きたことに気づいた先生がやってきた。

「手を貸してね」

先生はわたしの手首に触れ、魔力で身体の状態をチェックした。

貴族の子女が集まる王立学園の医師として常駐するこのメアリ・フィーロ先生は、医学も魔法学も修めた才女なんだけど、どんな生徒も平等に扱うフランクな女性で、皆に信頼されている。学園の授業には剣術や体術、攻撃魔法の訓練もあるから結構怪我人も出るんだけど、顔色ひとつ変えずに骨を繋いだり回復魔法をかけたりと、大抵のケガは何とかしてくれる頼もしいドクターだ。

「うん、魔力の流れもすっかり正常に戻ってるわね。あとは普通に過ごしてOKよ」

「ありがとうございます」

わたしはお礼を言うと、服装を整えてベッドから立ち上がった。

「今あなたの従者に連絡するから、少しこっちの椅子に座って待っていてね。それから……レンドール殿下に顔を見せた方がいいと思うわ。彼、すごく心配していたから」

「レンドール様が、わたしのことを？」

「魔力酔いで朦朧《もうろう》としていたから覚えていないかしら。ミレーヌさんが眠ってからもしばらくベッドのそばで見守っていたわ。わたしにくれぐれもよろしくって頭を下げて頼んだりして。ふふ、仲がよくてなによりだわね」

そう言うと、先生は魔導具を使って寮で待機するライディに連絡をしてくれた。

レンドール王子が心配したのは、わたしが王妃候補だからかな。それとも……わたしをミレーヌというひとりの人間として見てくれて、ちょっとは女の子として好き、だからかな？

そうだといいな。

わたしは期待でドキドキした。


ライディが迎えに来てくれたので、メアリ先生にお礼を言って救護室を後にした。

「お嬢様、無事でしたか？」

「いつもの魔力酔いだから大丈夫よ。ぐっすり眠れたからかえって調子がいいくらいなの」

不遜《ふそん》な従者だけど、ちゃんと主《あるじ》の心配はしていたのね、感心感心。

「そっちはともかく、あっちは大丈夫でしたか？　釘を刺したものの、殿下も目を離すとなにをするかわからない青春真っ盛りの十八歳ですから」

「え？　何のこと？」

「酔っぱらって朦朧としている女の子に不埒ないたずらのひとつやふたつ、うっかりしちゃうかもしれませんからねえ」

「なっ、ばっ、ばかなことを言わないで！　レンドール様は汚れた大人のライディとは違うわ！」

「俺は涎《よだれ》を垂らして寝こける酔っぱらいに手を出す趣味はありませんよ、そんなものまったくそそられませんからね」

「涎なんか垂らしてないわよ！」

そう言いながら、そっと口元に手を触れて確認してみる。

大丈夫、カピカピしていないわ。レンドール王子にみっともない姿を見せたくない。

「まあ、見たところ赤い跡も嚙まれた跡もないから大丈夫ですかね」

赤い跡？　嚙まれた跡？

レンドール王子が何で嚙みつくの？　犬じゃあるまいし。

ライディの言ってることはまったくわからないわ。

「どうしますか？　午後の授業はもう終わってしまいますから、担当の先生に今日の分の課題を貰ってくる必要がありますよ」

「そうね。でもその前に、レンドール様にお会いしてお礼を申し上げなくちゃ。三年生の教室に行くわ」

わたしは首をひねりつつ、ライディを連れてレンドール王子のいる場所に向かった。


教室の前に着くと、もう授業が終わったらしく生徒がざわめいていた。レンドール王子の姿を探すまでもなく、教室の外に立っているのが目に入り、駆け寄ろうとして立ち止まる。

おっと、走ってはいけないわ、淑女らしく振る舞わなくてはね……ん？

レンドール王子はひとりではなかった。廊下で同学年の女生徒となにやら楽しげに話している。

あれは……確か美しいと評判の伯爵令嬢、リリアーナ・ヴィレットだ。この前のサマーパーティーでも、レンドール様と踊っていたわね。サラサラしたプラチナブロンドに淡いブルーの瞳をして、背はスラリと高く、女性らしいバランスのとれた身体つきをしている。いわゆるボン、キュッ、ボンである。まことにけしからん。

二歳年上ともなると、明らかに大人っぽさが違う。どうしてもお子様くさくなりがちなわたしと違って、しっとりとした落ち着きがある。そして、彼女と並んで談笑するレンドール王子もとても大人に見えて、わたしは内心怯んだ。

わたしがじっと見ているのに気づかないふたりは楽しそうに笑い、事もあろうにリリアーナ・ヴィレットは親しげにレンドール王子の腕に触れた。ふっくらした胸が寄せられ、今にも王子の腕にくっつきそうだ。

やだやだやだ、わたしのレンドール様に触らないで！

そう叫びながらふたりの間に割って入りたかったけど、何だか足がすくんで動けない。

それは、ふたりがお似合いに見えてしまったから。

わたしと同い年で、可愛いけど庶民的で親しみやすいメイリィ・フォードと王子の間にはぐいぐい割って入れたのに、大人の雰囲気を醸《かも》し出す先輩たちの間には立てない。わたしは十六、先輩たちは十八。ライディとエルダに言われた時にはさほど真剣に考えられなかったわたしの幼さが、今、痛いほど身に染みる。

いつの間にか青年になってしまったレンドール王子には、ああいう人が似合うんだ。

ものすごい疎外感に襲われて立ち尽くすわたしに、声がかけられた。

「お、生意気女のミレーヌじゃん」

オレンジ頭のモテ男、サンディル・オーケンスだった。

「先輩の教室になにしに来たんだ？　またレンドールにまとわりつきに来たのか、そうか。鬱陶しい女は嫌われるぞ」

背が高い失礼な男は、片手でわたしの頭をぐしゃぐしゃとかき回した。

「……おや、ぴーぴー騒がねーな。どうした、腹でも痛いのか？」

サンディル様は予想通りの反応がなかったのが不満のようで、わたしの顔を覗き込んで、その視線の行方を追った。

「ああ、リリアーナ嬢か。あいつもお上品そうだけど、レンドールを狙っているくちだからな」

「……どういうことですの？」

「確かに王妃の座にはお前さんが一番近い。けどな、結構な令嬢が狙っているぜ、愛妾《あいしょう》の座をね」

「愛妾？」

「そう。レンドールの愛人だ。寵愛《ちょうあい》を受けて子どもでも産んで、もしもお前に子ができなきゃ国母《こくぼ》になってあっという間に下克上《げこくじょう》だ」

そういえば、ライディが言っていた。王妃の務めの中で最も大切なのは、世継ぎを産むこと。もしもそれができなかったら。

愛妾に子どもを産ませて、その子を世継ぎにする。

一夫一婦制とはいえ、そういう例がなかったわけではない。

「そんなばかなこと……サンディル様じゃあるまいし」

「おい！　お前は俺のことを何だと思っているんだ」

「女たらし貴族」

「くっ……い、いや、言っておくが今の俺は妙な振る舞いなどしていないぞ！」

「あら、女性をたぶらかすのはおやめになったの？」

「剣の腕を磨くので時間がないんだ」

「あら……」

殊勝なことを言い出したサンディル・オーケンスを見ると、彼はほんのり顔を赤らめてそっぽを向いた。

「べ、別にお前にいろいろ余計なことを言われたからではないぞ、ただ俺は自分が持っている才能を伸ばそうと……」

「それはどうでもいいとして」

「いいのかよ！　お前はほんっとうに腹が立つ女だな！」

「レンドール様は、あの方を愛妾になさるおつもりなの？」

「聞いてないし！　ああもう、このいらだちをどうすればいいんだ」

「鍛錬にぶつければ？　じゃなくって、あのふたりはもうお付き合いなさっているの？　ほら、お答えになって！」

わたしはサンディル様の腕をきつく握りしめて言った。

「おい、痛い、痛いってこの馬鹿力女！　あいつは結婚する前に愛妾を作るような奴じゃないだろうが、俺はレンドールじゃないからわからん」

「そんな……レンドール様……」

わたしが唇を噛み締めていると、レンドール王子がこっちに気づいた。それまで笑顔だったのに、みるみる険しい表情になる。

リリアーナ様と仲良くしている姿を見られて、腹を立てたの？

「ミレーヌ！」

しかし、レンドール王子はリリアーナ嬢の手を振り切り、こちらに近づいてきた。彼女はわたしを睨みつけた。邪魔者を見る目だ。

「サンディルとなにをしている?」

「おい、またかよ。レンドール、名誉にかけて俺はなにもしてねーからな。ってゆーか、こんな生意気女と関わりがあると思われたくないし」

「ミレーヌ、俺はサンディルと喋るなと言ったはずだが。それに、なぜこいつの腕に触れている?」

「だからお前は話を聞けっつーの。これは触れているなんて生易しいもんじゃなくて、握りつぶされてんだよ。絶対痣《あざ》ができてるぞ、どうしてくれる」

サンディル様が結構失礼なことを言ってくれるが、わたしは彼の話をまったく聞かずに冷たい瞳で見つめてくるレンドール王子から目が離せなかった。

傷ついているのはわたしなのに、何でレンドール様が怖い顔をしているのかしら?

「ちょっとこっちに来い」

「痛いっ」

レンドール王子は、サンディル様の腕にかけていたわたしの手を引きはがすようにし、乱暴に引っ張った。

「いてえっ、レンドール、話を聞けったら! 俺はお前が怒るようなことしてないからな! 女の子に暴力を振るうなよ! 聞いてるか?」

フェミニストのサンディル様が、レンドール王子の剣幕に慌てて釘を刺す。わたしはレンドール王子にされるがままずるずると引きずられていき、その後を呆れ顔をした従者のライディが「はいはいご苦労さん」と呑気についてくる。

「おい、お前は来るな」

「お嬢様の身を護るのがわたしの役目ですから」

そう簡単には追い払われない。さすがは失礼従者のライディ、王子にさえ言い返す鋼のメンタルだ。

「さあ言え、ミレーヌ。サンディルと親しげになにを話していた？」

何でそんなに怒るの？　自分だってリリアーナ・ヴィレットと仲良く話していたじゃない。愛妾の座を狙っている女性と。

「ミレーヌ！　言い訳もできないことか？」

レンドール王子は、口を引き結んで彼を上目遣いで見上げるわたしの両肩を掴み、揺すぶった。

「ミレーヌ⁉」

わたしは泣きそうになるのをこらえ、怒りで光る深いブルーの瞳を睨みつけた。

「ミレーヌ、黙っていてもわからない。申し開きがあるなら言ってみろ。サンディルとなにを話していたんだ？」

両手で肩を押さえられて、レンドール様の秀麗な顔が近づく。

わたしは泣きたかった。でも、必死にこらえた。お腹にぐっと力を入れて、わたしを責める青い光を弾き返すように見つめる。

「……あ、しょう、……」

「なに？」

「レンドール様は、愛妾を、作られるのですかっ⁉」

拳を握りしめながら、わたしは半ば叫ぶように言った。

「何だって？　愛妾？」

それは予想外の言葉だったらしく、王子はいぶかしげな表情になる。

わたしはレンドール王子の制服を両手で摑んで揺すぶりながら言い募った。

「サンディル様が、おっしゃってました！　レンドール様は、愛妾になりたがっている女性たちからアプローチを受けられていると。そうなのですか？　本当にさっきのリリアーナ様を愛妾になさるおつもりなのですか⁉」

「は？　お前は……」

訳がわからない、といった様子で瞬きしてなにか言いかけたレンドール王子だったが、やがてその唇にほのかな笑みが浮かんだ。

「リリアーナに妬いているのか？」

わたしの頭にかあっと血が上った。手に力が入って、摑んだ王子の制服がぐちゃぐちゃだ。

「やはり、やはりそうなのですね！　子どもっぽいわたくしには女性としての魅力がないから、レンドール様は大人の雰囲気の女性を愛妾になさるつもりなのね……」

結婚したらわたしはお飾りの王妃になって、レンドール様は別の方を寵愛するの？

わたしの目の前でリリアーナ様に優しく笑いかけて、撫でて、キスして。

何て酷い……そんなのいや、耐えられない。

こらえ切れない涙が頬を伝った。

「いや、だから、少し落ち着け。お前には女性としての魅力がないなんて、俺は一言も言ってないだろうが」

「でも、レンドール様はわたしをからかったり意地悪してばかりで、一度もほめたことはございませんでした！」

「あ、ああ、そうだったか？　いや、ものの弾みで一度くらいは……あったかと……」

大声を出して言い募るわたしに、レンドール王子の腰が引けた。

やっぱりやましい気持ちがあるのね！　わたしという婚約者がありながら、キスまでしながら、別の女性にはわたしが言われたことのないような甘い言葉を囁いていたんだわ。

「酷いわレンドール様、落ち着いてなどいられませんわ！　わたくしが……」

えくっ、えくっ、と子どものようにしゃくり上げてしまう。

「やっぱりわたくしが幼すぎるからいけないのですね。身体つきだって、リリアーナ様みたいにグラマーじゃないし、胸もちょっとしかないし……」

ぺたんこに近い胸を両手で押さえながら、ふにゃふにゃになった泣き顔でレンドール様を見ると、彼は「ミ、ミレーヌ落ち着け！　ちょっとでも俺は全然構わないし、そんな顔で見られると、いや待て、俺が落ち着け……」と呟きながら赤くなった顔を逸らし、ライディは「あー、またいじめっ子王子のツボを直撃してるわ、うちの無自覚危険物のお嬢様は」とため息をついた。

「わたくしは子どもすぎて、口づけより先は知らないし、口づけするのも本当は少し怖いし」

そう、レンドール様のことはとても好きなのに、色っぽい大人の顔をして近寄られると、少し怖くなるの。

「だけど、レンドール様はもう十八歳だから、子作りをしたい年頃だってライディが言うし」

「なっ、何だと⁉　子作りとは、俺はそんな……」

レンドール王子は、さっと離れたライディを凄みのある顔で見て、「また貴様か……おのれ、余計なことを……」と唸るように呟いた。

「ねえ、だからなの？　レンドール様はもう、愛妾候補の方とお付き合いされて、いろいろなさっているの？　もう跡継ぎ作りをなさっているの？」

それは、身体が地の底に沈んでしまうくらいに恐ろしい考えだった。

「いや待て、ちょっと待て、作ってない！　作ってないぞ！」

レンドール王子は明らかに動揺している。

まさか、本当にサンディル様が言った通りに……？

「うっ、ふうっ、うえええええん！」

もう我慢できなくなったわたしは、小さな子どものように号泣した。

「いやあっ、やだあ、レンドールさまあっ」

わたしはわあわあ泣きながら、レンドール様の身体を揺すぶった。

「お願い、愛妾なんて作らないで！　わたし、がんばるから、口づけよりも先のこともちゃんと覚えて、レンドール様がしたい大人のお付き合いも子作りも全部できるようにがんばるから、王妃の仕事もきちんとこなすしレンドール様の赤ちゃんもたくさん産むから、だから、わたしのことを……」

レンドール様の胸に縋り付く。

「捨てないでえ……」

「……ミレーヌ……お前はそんなに……」

わたしは人形のように微動だにしない王子の胸に顔を埋めて、両手でしっかりと彼の制服を握りしめて、泣いた。

「殿下、いくら何でも『うちの』お嬢様を泣かせすぎです」

ライディが冷たい声音で言った。

「男性として未成熟すぎる人物に、お嬢様をお任せするつもりはありませんよ？」

「何だと？」

「おいおいおい、ひでえなこりゃ」

いつの間にか様子を見にやってきたサンディル様の声がした。気がつくと、結構な人数の上級生たちがわたしたちの様子を遠巻きに見ていた。

こんなこと、みっともないのはわかっている。だけど、わたしはどんなことをしても、レンドール様から離れたくなかった。嫌われたくなかった。

「ミレーヌ、俺は……」

「お願い……がんばるから……」

わたしの肩からレンドール様の手が離れた。押しのけられまいと、わたしは指が真っ白になるほど力を入れて縋り付く。

「俺を、煽って、あぶり殺す気か、お前は」

見上げると、レンドール様の顔は真っ赤で、とても怖い表情をしていた。

「お前は……お前は、何でそうばかなんだ」

怒ってる。すごく怒ってる。だってこんなに真っ赤だもん。

「愛妾作りとか子作りとか、お前は俺を何だと思ってるんだ、ええ？　まったく、従者になにを吹き込まれたんだか」

「いやー、相手に下心があると知りながら、リリアーナとべたべたしていたレンドールも悪いよな」

サンディル・オーケンスが口を挟んだ。

「サンディル！　お前も悪い！　ただでさえ勘違いしやすいミレーヌに余計なことを言うな！」

「え？　俺のせい？　婚約者にいろいろ勘違いさせている素直じゃないお前が一番悪いんだろうが」

なぜか怒りのとばっちりを受けたサンディル様が、いやーな顔をした。

「何だと！」

「だってそうだろう！　他人に責任を押しつけるな、一国の王太子が！」

頭の上で、何だかわあわあ言っているけど、わたしは強張った指をそっと開いてレンドール王子の制服から手を離した。一歩後ろに下がって、身体を離す。

わたし、今、とてもみっともないことをして、レンドール様をすごく怒らせた。

こんなだから、わたしはレンドール様に相応しくないんだ。

「ミレーヌ?」

離れたわたしに、レンドール王子が手を伸ばす。

「ごめんなさい……」

わたしはそうっとレンドール王子の手の届かないところまで下がった。足ががくがくして、その場にうずくまりそうになるのをこらえる。

「ごめんなさい」

「待て、何でミレーヌが謝る? おい」

わたしはふらつきながら身を翻してその場から立ち去ろうとした。

「お待ちください、お嬢様」

ライディはそう言うと、上着を脱いでわたしの頭からかぶせ、横抱きに抱き上げた。

「そんな顔を晒して歩けませんよ」

不細工で悪かったわね!

「待て、ミレ……」

「そこまでです、殿下。それほどまでに青いとは、正直見損ないましたよ」

ライディが、自分よりもずっと身分が上のレンドール王子にぴしゃりと言った。

「お嬢様はご気分が優れないようなので、これで失礼させていただきます……このヘタレが!」

「……くっ」

何か最後に不穏な言葉がくっついたように聞こえたけど、気のせいだろう。いたたまれないわたしを軽々と抱き上げたライディは、早足で寮まで連れ帰ってくれた。


「ぶちゃいくですね」

「こういう犬がいましたわね」

「ぶちゃカワ犬《けん》ですね」

「ぶちゃいくも一周回ると可愛く見えてきますのね」

「お嬢様は回り切ってないようですが」

「もう少しですわ、がんばってくださいませ」

「なにをがんばらせようっていうの！　お前たち、主《あるじ》に向かって発言が失礼すぎるわ！」

腫《は》れたまぶたを濡《ぬ》れタオルで冷やしながら、わたしは不遜極まりない従者と侍女に向かって叫んだ。

「よーしよーし、お茶でちゅよー」

「エルダ！　主《あるじ》を犬扱いするのはおやめ！　しかもその無表情で赤ちゃん言葉とか怖いから！」

まったく、何でわたしのお付きの者はこうなの？

……いや、いい人はわたしが片っ端からクビにしまくったせいだから、鋼メンタルのこのふたりが残ってしまったのは自業自得なんだけど。

それはともかくとして。

ああ、やってしまった。思い出すと『ギャー』と叫びながら床をごろごろ転がってしまいたいくらいの黒い歴史を作ってしまった。

『捨てないで』ってどこの三流メロドラマよ。レンドール王子にドン引きされたこと間違いなしだわ。ああ、転がりたい！

「大丈夫ですよ、お嬢様もばかですが、殿下も相当のアホでヘタレですから」

「あらまあ、お似合いのカップルでよかったですわねえ」

「はははは」

「ほほほほほ」

「主《あるじ》がこんなに傷ついているというのに、お前たちはなにを高笑いしているの！　しかも、王族に向かってアホとか言ってるし」

「だってアホだからねー」

「ねー」

ライディとエルダが意味ありげな目配せをしているので、主《あるじ》を仲間外れにするのはやめるように言おうとしたら、ドアをノックされた。

「はい」

エルダが出ると、寮監《りょうかん》の先生がいた。

「ミレーヌさん、お客様がいらっしゃっているから、応接室に行ってくださいね」

「え？　わたくしにお客様、ですか」

この取り込み中に面会に来るなんて、いったい誰だろう？

ライディとエルダが「ほら来た」なんて言っている。

「ありがとうございます。どなたですの？」

「ケイン殿下よ」

ケイン様が？　なぜ？

訳がわからず何でだろうと従者たちを見ると、そっちも「え？」っていう顔をしているので、どうやらケイン王子は彼らが予想していた人物ではなかったらしい。

わたしは首を傾げつつ、ライディを連れて応接室に向かった。


「殿下、お待たせいたしました」

「ミレーヌ！　随分泣いたみたいだね。目が真っ赤だよ、かわいそうに」

応接室にライディを連れて入ると、わたしの顔を見たケイン様が駆け寄ってきて、目の周りを指でそっと撫でた。相変わらずの美人っぷりで、近くで見るとドキドキしてしまう。

「ねえ、ミレーヌ、本気で僕の国に来ない？」

「え？」

ケイン王子にそっと手を握られ、わたしは驚いてアイスブルーの瞳を見る。

妖精のような王子様は、優しく微笑みながら言った。

「レンドールとの婚約を解消すればいいよ。そこまで思い切れないなら、来年から僕の国に留学してみるのもいいと思う。結婚は延期してね」

突然の話についていけないわたしは、目をぱちくりさせて目の前の綺麗な顔を見る。

「あの、心配してくれてありがとうございます……？」

「うん、ミレーヌのことはとても心配してる」

なぜだろう？　学年も違うし、ケイン様は王立学園に来てまだ日も浅い。そんなにわたしと関わっていないはずなのに、これほど気にかけてくれるなんて。

わたしは悪役令嬢というキャラだから、一応は美少女なんだけど、自分の容姿がケイン様に気に入られたとは思わない。だいたい容姿でいったらケイン様は最強だから、どんな美女も太刀打ちできないと思うけどね。

「それはどうしてなのですか」

わからないことは素直に聞いてみる。

「君は似てるから」

「誰に？」

「リス」

「はい？」

「昔可愛がっていたリスに似てる」

「……」

いつもはあまり表情の変わらないケイン様が、またふわりと笑った、今日は笑顔の大放出だ。

ああなるほどね、大好きなのね。

リスが。

……ペットと一緒かよ！

思わず内心で突っ込みを入れると、部屋の隅で待機しているライディが、「ぶちゃリス！」と言ってぷっと噴き出した。

「ミレーヌ、僕のところにおいで。優しくして泣かせたりしないから。レンドールは君に意地悪すぎるよ。君はこんなに可愛いのにね」

手をすりすりと撫でながら、人間離れした美形だがどうやら天然くんらしいケイン王子が言う。

甘い優しい声なのに、彼の気持ちはすべてリスに向かっているのね！　ああ、残念、残念すぎる。

「君のことは大切にして、うんと可愛がるから。ね？」

「わたくしはリスではありません」

「大丈夫、女の子の可愛がり方もちゃんと知ってる。檻に入れたりしないよ。入りたいなら入れるけど……銀の回し車のついた金の檻を作ってあげてもいい」

「ひっ」

わたしはケイン王子の手の中から慌てて自分の手を引っ込めた。

いやいやいやいやいや、それはやめてほしいわ。何か今、めっちゃ身の危険を感じたわ。

「僕がミレーヌを女の子として可愛いと思っているのは本当。レンドールが君を幸せにしてくれないなら、多少強引にでもうちに連れて帰るつもり」

ケイン王子は引っ込めたわたしの手を再び摑まえると持ち上げて、ちゅっと口づけてきた！

「君がうんと言ってくれたら、すぐに手に入れる手配をする。ね？　いい子だからおいで？」

「ちょっと待ってください、わたくし、今はかなり混乱していて、あまり頭が働かないんです」

「うん、知ってる。ごめんね、そこにつけ込んでるんだ」

美麗なる王子様は、予想外に策士のようです。

恋の行方

「僕は君が考えているよりずっと計算高い人間だよ」

ケイン王子はわたしの手を握ったまま言った。若い男性に手を握られているのだからもっとドキドキしてもよさそうなものだけれど、なぜかあまり気にならないのはケイン王子の態度がいまひとつ熱を感じないものだからだろうか。

やはりわたしはリス扱いだから？　例えるなら、弟と手を握っているような感じ、かな。

「僕はエルスタンの第一王子だから、レンドールと同じく次期国王なんだ。でも、まだ婚約者はいない。王妃候補はこれから見つけるんだ。だから、ミレーヌの存在はすごいと思う。王妃になるための英才教育を幼い頃から受けているんだからね」

「そう、ですね。レンドール様との婚約は本当に幼い頃にわたしがお願いしたものですから、きちんと王妃としての務めができるくらいの力が欲しかったのです」

「うん、すごい女の子だよね。なのに、レンドールは君の価値に気がつかないで、蔑《ないがし》ろにしすぎる」

わたしの価値？　確かに、勉強はがんばってきたとは思うけど。わたしはメイリィのようにレンドール王子を癒す優しい女の子ではないし、リリアーナ様のような女性の魅力もない。おまけに魔法の劣等生だ。

「わたしは、そんなに価値のある人間では……」

「客観的に見て価値があると僕は思うし、ミレーヌ自身がそう思えないならそれはレンドールが悪いんだよ」

「レンドール様は悪くなど……」

「じゃあ何で、泣かせるようなことばかりするの？　君たちが思い合って幸せならば、僕は横やりを入れるつもりはなかったよ。だけどミレーヌが幸せじゃないのなら、君を貰いたい。僕のためにも、僕の国のためにも、君という宝石を手に入れたいな」

ケイン様は淡々と言ったけれど、わたしは自分のことをそんなに認めてもらえていたんだと知って、ようやくここで胸がドキドキした。

わたしはいらない子じゃなかったんだ。

ケイン王子は、美しい顔をわたしに近づけて囁くように言った。

「これはチャンスだと思って混乱に乗じてさらってしまおうかと思ったけど、君に嫌われるのは嫌だからやめておこうかな。だから焦って決めなくていいよ。ただ、ミレーヌの人生にはいろんな選択肢があるんだから、レンドールに振り回される必要はないってことを覚えておいて。そして、君をとても欲しいと思っている男がいるということも……ね？」

「は、はい、ありがとうございます、ケイン様」

『男』という言葉で、見かけがどんなに綺麗でも、ケイン王子はひとりの男性だということに改めて思い当たり、わたしは今さらながら彼を意識してしまいそうになって、動揺した。

さすがは攻略対象のひとりだけあるわ、わたしはレンドール王子一筋のはずなのに！

そして、どうやら単なるリス好きというだけではなかったようで、ケイン王子がわたしのことを本気で考えてくれていたこともわかった。

でも、握った手を離してくれないのは困っちゃうな。そして、すりすりと撫でながら「きもちい……」とか呟いているのも気になるところだ。

「ケイン様のお気持ちは、とてもありがたいと思います。でも、わたくしはまだ、レンドール様を諦めたくないのです。もしかしたら今日のことで呆れられてしまって、わたくしを切り捨ててしまわれるかもしれません。でも、わたくしはレンドール様のことが好きなのです」

他人が見ている前で、あんなにヒステリックな振る舞いをして……。レンドール王子が腹を立ててわたしを嫌ってしまったと思うと、胸の中に石ころが詰まったようにギュッと痛くなるけど。そしてリリアーナ様とお付き合いをされていたと思うと、胸をえぐられるように苦しくなってしまうけど。理屈ではなく、わたしはレンドール王子のことが好きなのだ。ばかみたいって思うけど、これればかりは仕方がない。

「ミレーヌ！」

ケイン様が急に大きな声を出したので、驚いて顔を上げた。見ると、いつもは無表情なケイン様の顔が、痛みをこらえるような苦しそうなものになっていた。

「そんな顔をしないで。そんな顔をしたら、僕は……レンドールを憎んでしまうよ。そして、このまま君をさらってしまいたくなる……ダメだよ、君にそんな顔は似合わないよ……」

最後の方は弱々しく言って、わたしの頬を撫でた。顔に似合わず、大きくて節ばった指を持つ手で優しく触れられ、やっぱり彼は男の人なんだなと思う。

「わたくしはそんなに酷い顔をしていますか？」

「うん。見ている方が辛くなってしまうような顔だよ。女の子にこんな顔をさせるなんて……あいつのことが許せない」

「えっ？」

ケイン様はわたしをふわっと抱きしめて、背中を優しく撫でた。ケイン様の身体はやっぱりしっかりとした男の人で、不意をつかれたわたしはうろたえてしまう。

「ケイン様、ご無体はおやめくださいませ」

「わ……抱きしめると余計に可愛い。いい匂いがするし……僕の可愛い子リス……やっぱり欲しいな、どうしよう」

まあ、リスだと小さすぎて抱きしめられないからね！　でもこれは、婚約者がいる身としてはまずいのではないかしら。

離れたところで立って見ているライディに目で合図をしたが。

彼は口の前に指を立てて『黙っていれば』。

両手を広げてにやりと笑い『バレない』。

いやいやいや、バレなきゃいいってもんじゃないでしょ！

わたしは両手でケイン様の胸をそっと押して身体を離した。

「……やっぱり、レンドールから取り上げて檻に入れてしまおうかな」

銀髪に水色の瞳の王子様は不穏な言葉と美しい笑みを残して、去っていった。


「エルスタンの王子は、意外に積極的にきましたね」

部屋に戻ると、すべてを見ていたライディが言った。

「見ていないで助けなさいよ！」

「あのまま押し倒したらさすがに止めようかとは思いましたけど。それにしても、ケイン殿下は思いの外お嬢様のことを気に入られたようですね。どうしますか？」

どうって言われても、わたしはレンドール様のことが好きだから、どうしようもないんだけど。

「うちの殿下はこのこじれた状態を何とかする気はないんですかねえ、どこまでヘタレなんだか」

「本当ですわ、大慌てで飛んでくると思ったんですけどね」

エルダがお茶を出しながら首をひねった。

ふたりは予想したレンドール王子ではなく、ケイン王子がわたしを訪ねてきたので不思議に思っているらしい。

「殿下は想像以上のダメダメ王子だったということなのかしら。誰かお仕置きして鍛え直して差し上げないと、この国の行く末が心配ですわね」

エルダにダメをふたつも重ねられて、何て不憫なレンドール様！

「俺が様子を探ってきます」

ライディが部屋を出ていった。

探るのはいいけれど、余計に物事を引っかき回さないでほしいわ。

「大丈夫ですよ、お嬢様。あの殿下が他に女性を作るなんてことはありません」

「どうして？」

わたしはエルダの鳶色の瞳に尋ねた。

「ちゃんと大切なものがあるからですよ。あの地位であの見た目で、派手な女性関係があってもおかしくない殿下が、今まで浮いた噂のひとつもなかったではありませんか。それはなぜだと思いますか？」

「ん……何でかしら？」

そういえば、レンドール王子はいつも女性に囲まれて人気絶大だけど、女の子をつまみ食いしたなんて噂は聞いたことがないわ。レンドール様の大切なものって何なのかしらね。いつかわたしも大切なもののひとつになれるといいのだけれど。

エルダの言葉で少し気持ちが落ち着いたわたしはカップを両手で抱えるようにして持ち、温かいお茶を飲んだ。


「お嬢様、学園長から呼び出しが来ています」

戻ったライディにそう告げられ、わたしは慌てて制服に着替え、ライディを連れて学園長室のある管理校舎に向かった。やはり、今日の騒ぎのことでお叱りがあるのだろう。基本模範生のわたしにとって、こんなことはもちろん初めてだ。

わたしは震える手で扉をノックした。

「ミレーヌ・イェルバンです」

「お入りなさい」

わたしはいかにも学園長室らしい重厚な扉を開け、中に入った。ライディは部屋の外に待たせておく。

「呼び出された訳はわかりますね」

椅子に座った初老の女性、つまり学園長が、眉をハの字にしてため息交じりに言った。わたしはその前に立ち「はい」と答えて俯く。

「ミレーヌさん、あなたの学習態度は素晴らしいと思うわ。第一王子の婚約者という特殊な立ち位置でよくがんばっていると思います。けれど、あなたはもっと高いものを要求されているの。王妃候補として、皆の規範となる人物であることを期待されているのよ」

「はい、存じております。この度は騒ぎを起こして申し訳ありませんでした」

「人目のあるところで少し軽率でしたね。もう解決したようですけれど、メイリィ・フォードさんとのトラブルについても耳に入っています。あなたはなにがいけなかったのか自分で見出だせるはずです。……自室での三日間の謹慎を申し付けます。これは、罰というより、この機会に自分を振り返る時間を持ってほしいからですよ。毎日、その日に考えたことをわたくしにお話にいらっしゃいね」

「はい、わかりました」

「それから、一週間、レンドール殿下への接近を禁止します。これは殿下にも伝えてあるわ。殿下と少し離れ、じっくりと考えてみましょう。お家の方には特に連絡するつもりはありませんよ」

そんな、一週間もレンドール王子に会えないいなんて！

「ミレーヌさん、なにを泣きそうな顔をしているのですか？」

「だって、レンドール様に会えないと、その間に他の女性が近寄ってきてしまうではありませんか！　そうしたら……」

レンドール様と不仲な今、愛妾候補が増えてしまったらどうするの？

「誰かにレンドール様を取られちゃう……」

涙目になって口をへの字に曲げたわたしを見て、学園長はまたため息をついた。


その後の三日間、わたしは寮の自室で自分の気持ちを考えて、それを文章に書き出してみた。今までの行動も振り返って、全部書いて、正直な気持ちも洗いざらい書いて、そして、結局わたしはばかな子どもだったんだなと思った。レンドール王子のことが好きで好きで、彼のことばかり考えて、それに行動が振り回されていたことを改めて自覚した。

もしも彼がごく普通の貴族の子息だったならば、そんな風でもよかったのだろう。けれど、彼はこの国の第一王子で将来の国王となる人間だ。彼に恋して心の中で思っているだけならばともかく、彼と一緒に生きていきたいと思ったら、そこには重い責任がつきまとうのだ。

幼かったわたしはそれをさほど大変なことだと考えなかったから「レンドール様と結婚して王妃になりたい」と親に頼み込んだ。親も親でわたしの能力のことなどあまり考えなかったのか、それともなにか思惑があったのか、「ミレーヌがそうしたいのなら」と婚約を調《ととの》えてくれた。

ケイン王子が認めてくれたように、言い出した手前もあってわたしは結構がんばってきたと思う。けれど、『もうこれくらいがんばればいいだろう』という驕《おご》りもあって、学園に入ってから周りのことを考えない振る舞いをしてしまった。

レンドール王子は、わたしよりも大人といっても、たったふたつ年上なだけのまだ十八歳だ。彼の方がわたしなんかよりも、次期国王としての責任とか重圧とかでずっと大変な思いをしているはずだ。なのに、わたしはいつも自分のことばかり考えて、王子を困らせていたと思う。

この謹慎期間中、面会は自由だったので、毎日メイリィが顔を見に来てくれた。本当に優しい、いい人だと思う。こんな子を仮想敵に仕立てて散々意地悪をしてきたんだと思うと、恥ずかしくて穴があったら入りたいくらいだ。

メイリィはいろいろなことを話してくれた。

「殿下は、ミレーヌ様の謹慎を撤回するようにと学園長に訴えに行ったのよ。騒ぎを起こしたのは自分が軽率な振る舞いをしたせいであって、ミレーヌ様ばかりが処分を受けるのはおかしいって」

「レンドール様がそんなことを？　わたくしのことを怒っているのではないの？」

「そんな感じじゃないみたい。どっちかというと、自分に腹を立てているのかしらねえ。学園長とはあれこれ話し合って謹慎については納得したみたいだけど。処分が解けたら、ミレーヌ様とゆっくり話したいって殿下から言付《ことづ》かっているわ」

メイリィは相変わらずお友達としてレンドール王子と仲がいいのだ。身分が平民なのに、王妃候補のわたしやレンドール王子と気安く接するという肝の据わったところがみんなにも知られて、ふわふわした見かけ通りの女の子じゃないと一目置かれている。

「ま、まさか、とうとう婚約破棄されてしまうのかしら？」

メイリィの言葉を聞いた途端恐ろしい考えが浮かんで、わたしは震えた。

「んなわけないでしょ！　婚約破棄する相手をあんなに心配しないと思うわよ」

メイリィはくすくす笑いながら言った。

「今のわたしは恋愛している暇はないけど、いつかミレーヌみたいに誰かを熱烈に好きになってみたいわ」

「そんなに楽しいものでもなくてよ。わたくしのこの様子を見て、わかるでしょ？」

「うふふ。わたしもメタメタのもだもだになってみたーい。誰か素敵な人はいないかしら」

「ちょっと、メイリィさん！　人の話を聞いていないでしょ！」

「あー、なってみたーい！　わたしの王子様は今いずこ？」

彼女はにまにまと笑っているだけだった。とりあえずメイリィには、恋に落ちてメタメタのもだもだになる呪いを心の中でかけておく。

ほほほ、あなたも恋焦がれて悶《もだ》えるがいいわ！

三日間、たっぷりと自分の情けないところを振り返り、謹慎処分が解けた。レンドール王子への接近禁止はまだ四日も残っているので、学園に戻ってもわたしは遠くから彼の様子をチラッと見るだけで我慢をして過ごした。

大変腹の立つことに、意識してみると女性からの王子へのアプローチが多いことに気づいた。特に、リリアーナ様はそのバウンと突き出した巨乳を武器に、あからさまにレンドール様に自分を売り込んでいるように見える。

「遠くから見ても、レンドール様はその姿が光り輝いているように麗しいわ。金糸の如く輝く髪に、きらめく湖水のような深く澄んだ青い瞳。すらりと高く、引き締まった男性的な身体つき」

遠く離れた魔法の練習場で、三年生の授業をしているのが窓から見えて、わたしはレンドール王子の姿にうっとりしていた。

野外コンサートでステージに立つアイドルを見るような感じね。アリーナではなくB席からだけど。

「あ、今剣に付与魔法をおかけになったわ。素敵、光り輝く剣を構える姿も凛々しくて勇ましいわ。ああ、もっと近くで拝見したかった」

「お嬢様にはこの距離がベストですね、鬱陶しい実況中継以外になにも余計なことができないし。卒業までこの距離を保ちましょう」

「いやよ！　こんなに遠くてはレンドール様が小指の長さくらいにしか見えないじゃない！」

「匂いも嗅げないしね」

「そうなのよ。って、ライディ、わたくしを変態のように言うのはおやめなさい！」

「使用済みのシャツを拝借してきましょうか？　俺には簡単なことですよ。殿下が一日着て、匂いがたっぷり移ったやつを一枚お持ちしましょう」

「まあ、それを着て眠ったら、レンドール様の匂いに包まれて素敵な夢が見れそう……とか、変態方面にわたくしを誘導しているわね。ほほほ、その手にはのらなくてよ」

「大丈夫、俺が誘導しなくても、お嬢様は変態の沼にどっぷりつかってますから」

「なによ、その底なし沼っぽいものは？　清純派のわたくしを捕まえて、よくもそのようなことが言えたものね」

「清純じゃなくて単に臆病なだけでしょうが。ホントはキスから先に進んでみたいのに、怖くて進めなーい、とか可愛いこぶっちゃって。どんなものだか知りたければ、俺が教えてあげましょうか？手取り足取り実地教育で」

「ばかっ、ばかばか、ライディのばか！　変態！　主《あるじ》に向かって何てこと言うのよ、このエロ従者！」

はるか彼方《かなた》に見えるレンドール様を窓から眺めながらライディと掛け合い漫才レベルの会話をしていたわたしは、彼に投げつけられた爆弾で真っ赤になった。

失礼従者はその効果に満足したように、片頬を上げて笑った。

「いやー、殿下とうまく子作りできなかったら、従者の俺がうまいこといくように準備しなくちゃならないらしいですよ、手取り足取り腰取り。俺としてはそんな余計な仕事を引き受けたくないんですけど。いくら報酬をはずまれても、お嬢様のような面倒くさい女とそういう関わりを持ちたくないんで、自力で何とかしてくださいね。本当に最悪の場合は、お面でもかぶせてやりますが」

「なにをやるのよ、なにを！　お金を積まれてもいやとか、わたくしはどれだけ魅力がないのよ！」

自分が美形だからって、むかつく男ね！

「俺はレンドール王子の顔のお面をかぶるのかな。あー、従者の務めというのは大変ですねー」

「ライディ、危ない扉を開くのはおやめ！　あと、棒読みもすごく失礼だわ！　社交辞令としてでもいいから、少しは『役得だ』とか言って熱意を見せなさいよ、まるでわたしがまったくモテない子みたいじゃないの」

するとライディは「いや、熱意を見せちゃったらまずいからごまかしてんのに、なに言ってんだかこの子は……」とか何とか呟いてから言った。

「ま、汚れた大人でエロくて経験豊富な俺にいろいろ手ほどきされたくなかったら、お子さまは卒業してくださいよ、清純派のお嬢様。そういうのは義務ではなく、一番好きな人と誠意をもって経験した方が幸せですからね。あの坊やがお嬢様の一番なんでしょ？」

「王族を坊や呼ばわりして、ライディはどんだけ偉いのよ！」

従者の失礼がここまで極まってきたら、主《あるじ》であるわたしの責任になるのかしら。迷惑だわ。

ぷんすかしているわたしを、何だか奇妙な表情で見てからため息をつき、すぐにいつもの失礼従者に戻ったライディが言った。

「それじゃあ大サービスで、大人のキスの仕方でも教えておきましょうか？」

にやにや笑いながら無駄に整った顔が迫ってきたので、わたしはその顔面に遠慮なく手のひらを叩きつけて押し返した。

「誰がするか！　ばかライディ！」

ちょっとドキドキして赤くなっちゃったじゃない、ああ悔しいわ！

「おや、ちょっと残念だった気がします。俺も焼きが回ったな」

「汚れた大人は相手が誰でもいいの!?　不潔だわ！」

「……違うんだけどな……」

まったくもって、うちの従者はどうしてこうも失礼極まりないのかしら。

わたしはますますぷんすか度を上げて怒り、心の平安を求めてレンドール王子の姿を捜した。けれど上級生の授業は終わってしまったらしく、もう彼を見ることはできなかった。そしてその後、さらに失礼極まりない人物の訪問を受ける羽目になったのだ。


「ミレーヌ様、折り入ってのお話がございますの。よろしくて？」

昼休みに一年生の教室までやってきてわたしを呼び出したのは、リリアーナ・ヴィレットだった。

プラチナブロンドをきらめかせた彼女は、わたしに向かって艶やかに微笑む。自分の美しさを見せつけて牽制《けんせい》しているのだろうか。取り巻きだかお友達だか、令嬢をふたり連れて来ているところがまた、わたしに対して喧嘩を売りに来た感がたっぷりなのだけれど。護衛のライディを従えて人《ひと》気《け》のないところに着いたら、案の定上から目線の言葉がぶつけられた。

「いろいろと噂をされているようですが、わたくしはミレーヌ様のお立場を揺るがすつもりはございませんのよ。むしろ有能なミレーヌ様に王妃になっていただき、我が国のためにご公務に励んでいただきたく存じますの」

リリアーナは、わたしとは違って悪役令嬢っぽいルックスではなく、黙っていれば綺麗で上品そうな貴族のお嬢様だ。

「わたくしは、ただ私的に殿下をお支えできたらと思っているだけですのよ」

ほうほうなるほど、王妃としての面倒くさい仕事はこっちに丸投げして、レンドール王子といちゃいちゃしたいってことね。

そうはいくかい！

「ですから、ミレーヌ様にもぜひわたくしのことをお認めになっていただきたくて。ほら、殿下ももう立派な男の方でいらっしゃるでしょう？　ですから、やはりおそばに女性が必要だと思いますけど、あまり釣り合わない方と関わられるのもどうかと思いますのよ。そんな、いろいろな思惑を持っていらっしゃる方が殿下に近づいてくるのは、ミレーヌ様のためにもあまりよくないのではと思いまして」

お前みたいなのがね！

「いかがかしら？」

「お断りします」

「え？」

速攻で断られたリリアーナ・ヴィレットは、ぽかんと口を開けてわたしを見た。

「ずばり申し上げますと、リリアーナ様は愛妾の座をご自分が独り占めして、それをわたくしに認めろとおっしゃっているのでしょう？　いいえ、レンドール様には、愛妾は不要にございますから」

わたしはつとめて優雅に見えるように、笑って見せた。

「公私ともにわたくしがお支えするので、愛妾は必要ございませんの。お引き取りくださいませ」

それまで微妙に自分は優位であるという余裕を見せていたリリアーナ様は、顔を歪《ゆが》めた。

「失礼ながら、ミレーヌ様ではまだ女性として、力不足だと思いますわよ。それがご自身でおわかりでない？」

「それでもわたくしはレンドール様の婚約者ですの。レンドール様がそばに女性を置きたいのならば、ご本人が直接わたくしに伝えるはずですわ。それがないのなら、このお話はあなたの夢物語にすぎないのでしょう。それとも、レンドール様から正式にそのような申し出があったとでもおっしゃるのかしら？」

「……」

「ならばあなたに用はございませんわね。とっととお引き取りくださいませ」

「あ、あなた、先輩に対して失礼だわ。殿下とわたくしはこの学園に一緒に入学して、ずっと仲良くお付き合いさせていただいているのよ」

「それは単なる社交の一環ですわ。それとも、殿下があなたに特別な感情を持っているとでもおっしゃるの？　そうですか、そこまで言われるのならば、このような申し出があったことをレンドール様ご本人に確かめてみますわ。まあそうなると、違った場合には勘違いということではごまかせませんから、王家の者に対する不敬な発言があったとして、それなりのお咎《とが》めを覚悟なさってくださいませね。もちろんご実家にも処罰が下りますわよ」

「な、わたくしはそこまでは言っていなくてよ！」

「ならばお引き取りくださいませ、セ・ン・パ・イ」

わたしが『これぞミレーヌ・イェルバンの真骨頂』といった具合に上から目線で言い鼻で笑うと、リリアーナ様とそのお友達はものすごい目でわたしを睨みつけながら去っていった。

リリアーナ様の姿が消えると、わたしはふうっと息を吐いて緊張を解いた。

「ライディ、わたくしは落ち着いて見えた？」

「見えましたよ。いやー、女の戦いって怖いですねー」

すべてを見守っていたライディが、伸びをしながら言った。

「で、お嬢様は何で震えているんですか？」

「怖かったのよ！　全部はったりだったから」

そうなのだ、わたしはレンドール王子からリリアーナ・ヴィレットとの関係についてなにも聞いていないのだ。例えば……身体のお付き合いがすでにあるのかどうか、なども。

「愛妾にする約束をしていないとは言えないじゃない、あんな美人に言い寄られていたんだから。わたしと違って大人っぽいし、お胸だって大きいし、色っぽいし……男の人から見たら、ああいう方は魅力的なんでしょ?」

「そうかもしれませんね」

「だから、怖かったの……」

自分に自信がないから怖かった。だけど、呑まれたらダメだと思ったから、はったりで乗り切った。こんなことは貴族社会ではよくあることだ。

「よくがんばりましたね……早く接近禁止令が解けて、殿下と話せるといいですね」

「うん」

ライディの手がわたしの頭をぽんぽんと叩いた。

「……ここでお嬢様をぎゅっとしたら、あのヘタレにぶっ飛ばされるんだろうなあ……」

「え?」

「お昼は部屋で食べましょうか。エルダに温かいお茶を入れてもらいましょう」

今度は、髪をくしゃりと撫でられた。

「泣かないんですか」

「これくらいは大丈夫」

「無理しちゃって。ふるふる震えてますよ。杖《つえ》をついた年寄りの魔女みたいに」

「もうちょっと可愛らしい例えはできないの!?」

「歩き方がおぼつかないですね。時間がもったいないので運びましょう」

ライディはわたしの頭に上着を引っかけると、横抱きに抱き上げた。彼はそのままものも言わずに、寮の部屋までわたしを運んでくれた。ちょっと涙ぐんでしまったわたしの顔はライディの上着の陰に隠れて、誰にも見つからなかった。

ようやくレンドール王子との接近禁止処分が解けた。大好きな人に会えないのは辛かったけれど、この一週間があったからわたしは自分を客観的に見つめ直すことができたと思う。学園長の処分は正直厳しすぎると思っていたけれど、冷静になって考えてみると、わたしには必要なことだったと思えるのだから、やはり長の地位に着くだけの判断力があるのだなと感じる。

今日ははるか遠くから豆粒のような彼の姿を見るのではなく、直《じか》に会って話ができると思うと嬉しかった。でも一方で、先日の失態についてまだ王子に謝罪もなにもしていないため、彼から責められたり、酷く嫌われて見放されていたりしたらと思うと気が重い。それどころか、恐怖まで感じる。

わたしはどれだけレンドール王子のことが好きなの？

でも、だからといって逃げていたら何の解決にもならないのだから、わたしは何度もため息をつきながら緑に囲まれた寮の建物を出て学園に足を進めた。

「ミレーヌ様、殿下から伝言よ」

一年生の教室に着くと、早速メイリィが近寄ってきてにこにこしながら言った。彼女は寮ではなく、近所にある親戚の家に下宿しているのだ。メイリィは今日もヒロインに相応しく柔らかな雰囲気で、とても可愛らしい。ちょっぴり吊り目の悪役仕様のわたしは、こんな外見だったらよかったのにと羨ましくなってしまう。同じ表情をしても、メイリィだと可愛らしく、わたしだと小生意気に見えちゃうんだろうなあ。

「あのね、今日の放課後に話をしたいから、殿下の部屋に来てほしいんですって」

「わかったわ、わざわざ聞いてきてくださってありがとう」

下を向いてため息をつくわたしの肩を、メイリィがパンと音を立ててはたいた。

結構痛いんですけど。

思わず上目遣いでじとっと見上げる。

将来の王妃であるわたしを、ためらわずに勢い良くはたくことからもわかるように、自由な庶民のメイリィは、身分の上下とか立場とかをあまり気にしないのだ。しかも、歳の離れた妹と弟の面倒を見てきたという彼女は、見た目と裏腹におかんな性格なのである。

そんな彼女はわたしの恋を全面的に応援してくれるそうで、今日も朝からせっせとわたしとレンドール様のことを取り持ってくれている。もはや仲人さんなのである。メイリィが恋をしたら、全力でくっつけてあげようと心に誓うわたしであった。

「そんな顔をしないで！　大丈夫よ、殿下はミレーヌ様のことを怒ってないわ」

痛む肩をさするわたしを、満面の笑みで元気づけてくれる。

「……だといいんですけれど」

「ミレーヌ様らしくないわよ。ほら、もっと上から目線でこう偉そうに」

ちょっとそれはわたしの物真似？

そんなに偉そうにそっくり返っていないわよ。

「メイリィさんがわたくしをどう思っているのかはよーくわかりましたけど、今日はそんな気分になれませんわ」

「まあ、弱気ねえ。リリアーナ様を追い払った時の勢いはどうしたの？」

愛妾希望のリリアーナ・ヴィレットを体《てい》よくお引き取りいただいた時の話をしたら、メイリィはお腹を抱えて豪快に大笑いしていた。散々わたしに上から目線の意地悪をされていたから、リリアーナがどんな状況だったのかがリアルに想像できたらしい。

「あー、めちゃめちゃすっきりした！」と涙を拭きながら言うメイリィは、わたしがいないのをいいことにレンドール王子にまとわりついては自分を売り込むリリアーナをかなり鬱陶しく思っていたと言う。自分の恋愛には一切興味がないため、わたしとレンドール王子の観察者として日々を楽しむことにしたらしく、ふんわりした見た目とは違ってスパイスの効いた思考でわたしたちの騒ぎを見守っているようだ。

さて、そんなわけでわたしは授業が終わると従者のライディを連れて、レンドール王子の部屋に行った。王族専用の離れと言っても、一般の建物と比べて特に豪華だというわけではなく、いざという時に警備を手厚くしやすいからという理由で別の建物に住まわされているだけだ。ちなみに今は国も安定しているということなので、特別に兵士が立っていたりはしない。

内装は、王族の子女が住むだけあって、質の良いしっかりした造りだ。家具などは生徒の持ち込みも許されているしかなり広いので、使う学生の好みで自由なカスタマイズが可能である。

王子の部屋のドアをノックするとわたしの訪問はすでに知らされていたらしく、彼の従者によってすぐに中へと通された。

「ミレーヌ・イェルバン様がいらっしゃいました」

わたしは、不安と緊張で身体がガチガチになりつつも唇をきゅっと噛み締め、ひとり入室する。

ああもう、怖い怖い。

すでにちょっと涙目である。

部屋の中央に立っているレンドール王子の足先を見つめていると（怖くて視線が上げられないのよ）背後でドアが閉まる音がした。

レンドール王子が履いているのは、茶色の革靴である。おそらく王室御用達《ごようたし》の靴屋で作られたそれは、上質の革に腕の良い職人が施《ほどこ》したステッチがアクセントになり……。

いやいや、逃避してはだめだ、革靴を穴が開くほど観察している場合ではない。

ああ、この沈黙はなに？

やっぱり怒っているの？

怖くて顔が見れない。

ほんの数週間前には、好き好き言いながら子犬のようにレンドール王子にまとわりついていたというのに、一週間会わなかっただけですごく遠い人のように感じてしまう。

「ミレーヌ」

名前を呼ばれ、肩をビクッと震わせた。その声は静かで、怒りはこもっていないようだ。

「こっちに来て、ソファにかけろ。お茶が入っているから」

「……失礼いたします」

招かれた客が立ちつくすというのも無作法な話なので、わたしは視線を落としたままソファへと歩を進め、そっと腰を下ろした。目の前のテーブルにはティーセットと、摘まんで口に入れられる小さな焼き菓子が用意されていた。わたしの訪問のために入れられた琥珀色《こはくいろ》の上質なお茶が、薄いカップの中で湯気を立てている。

わたしのために。

声が穏やかだから、そんなに怒っていないのかもしれない。

ソファを勧めてくれたのだから、そんなに怒っていないのかもしれない。

お茶を用意していたのなら、そんなに怒っていないのかもしれない。

びくびくしながら、ひとつずつレンドール王子の気持ちがわかるものを探す。

「……そんなに緊張するな。ほら、飲んで落ち着け」

「い、いただきます」

震える指でカップを持ったが、カタカタとソーサーに当たって中身をこぼしてしまう。

「あっ、申し訳ありません」

「大丈夫か？　火傷しなかったか？」

カチャリとカップを戻すと、レンドール王子がわたしに近寄り、絨毯《じゅうたん》に膝をついてわたしの手を取った。

「かかっていないようだな」

至近距離にある金髪の髪がさらりと揺れる。そして、深いブルーの瞳がわたしを見上げた。わたしたちは見つめ合う。

「ミレーヌ」

申し分なく整ったその顔の、その美しい唇が動き、わたしの名を呼んだ。一週間顔を合わせていないだけなのに、少し大人っぽくなったように見えるのはなぜだろう。

「ご迷惑をおかけしました、ごめんなさい」

わたしは何とかかすれた声を出し、謝罪した。緊張して、申し訳ありません、と言うべきところが子どものようにごめんなさいになってしまったけど。

「レンドール様、わたしは……」

なにか言わなくちゃと思うのに、言葉が出てこない。

ごめんなさい、ごめんなさい、わがままを言わないから嫌わないで。

感情のままに言ってしまうわけにはいかないということを、わたしは学んだのだ。

「ミレーヌ、もういい」

王子はわたしの指を握る手に力を込めた。

「もう謝るな」

そう言うと、わたしの隣に座った。脚と脚が触れ合って、温かさが伝わってくる。

「レンドール様？」

見上げると、彼は眉根を寄せてわたしを見つめて言った。

「ミレーヌを動揺させたのは俺の振る舞いのせいだ。だから、お前が謝る必要はない。思慮の浅い俺がお前を追い詰めてしまい、あんなことを言わせたんだ……すまん」

「な、なにを」

レンドール王子がわたしに頭を下げた！

「おやめください、わたくしごときに頭を下げるだなんて」

「小さい頃から散々下げてきたではないか、お前に悪さをして」

「それとこれとは違います！　蛇の抜け殻を背中に入れたり、カエルの卵を握らせたりして謝るのとは訳が違いますわ！」

ええ、何度も酷い目に遭って、レンドール王子の頭を国王陛下がぐりぐりと押さえつけて謝罪されたこともありましたわ。でも、それはあくまで子どもの頃のこと。

「王家の者がどうなどと言う前に、まずは男としてお前に謝る必要があると俺は思った。……ケインやサンディルや、メイリィにまで叱られたし」

「ええっ？」

ケイン様やサンディル様はともかくとして、おかんのメイリィは、先輩であり王子であるレンドール様を、叱っちゃったの？

「学園長にも釘を刺された。自分の振る舞いがミレーヌをどう追い詰めたのか胸に手を当てて考えてみろ、メイリィ・フォードがらみのいざこざも、責任の一端は俺にもある、それがわからないならお前に近づくなと」

わたしはレンドール王子の顔をまじまじと見て、そして気がついた。大人っぽく見えたのは、彼の少し表情に陰りがあるから、そしてほんの少しやつれたからだ。

「俺はお前に甘えて言葉が足りなかった。お前に好かれているから何でも許されると思って、お前の気持ちを蔑ろにしていた。背中に蛇の皮を突っ込んでいた頃から成長してなかったんだ」

レンドール王子はわたしの指をそっと撫でた。

「メイリィのことだってお前がどんな気持ちで俺に縋りついてきたのか考えずに突き放して叱りつけるだけだったし、不安がるお前が欲しがっていた言葉もかけてやらなかった。リリアーナのことも、あれの振る舞いを見たお前がどんなに傷つくかを考えずにいた。それでいて、俺はお前の目に俺以外の男が映ることを許せなくて……酷いものだな」

「……」

「女たらしのサンディルには『釣った魚に餌をやらない最低な奴だ』と言われ、ケインには『婚約者ひとり幸せにできない男が国王になるならこの国は滅びるだろうから、もう付き合いたくない』と言われた。メイリィには……」

言いかけて、彼は遠い目をした。

いったいなにを言ったの、メイリィ！

口に出せないようなことを王子に叩きつけるとは、さすがおかんヒロインね！

「まあ、いろいろと言われてその時は腹も立ったが、冷静に考えてみると皆の言う意味がわかってきて、不安だったり恐怖を感じていたり、それをぎりぎりのところで耐えていたお前の辛い気持ちを考えられるようになった。気の強いお前が涙を流した時に気がつくべきだったのに……。こんな不甲斐ない俺だが、これからはこのようなことがないように努力するから、俺の謝罪を受け入れてくれないか？」

「レンドール様、そんな、謝罪だなんて」

王族に謝罪されただなんて、もしもお父様に知られたら、泡を吹いて倒れられちゃうわ。これはそれくらい大変なことなのよ！

でも、レンドール王子は真剣な態度を崩さなかった。

「お前はそれに値する女性だ。それに気がつかずわがまま放題だった俺は、愚かな子どもだ。リリアーナや他の令嬢が思惑を持って俺に擦り寄ってくるが、家との関係があるため無下《むげ》にもできない。だが、俺は愛妾を迎えるつもりはまったくないし、今まで特別な関係になった女性もいない。それは信じてほしい」

レンドール王子はそう言うと、わたしの頬をそっと撫でた。

「わかったか？　俺の隣に置くのはお前だけだと言っているのだぞ？」

「はい」

わたしが答えると、彼はふっと笑い、それが滅多に見ない優しさに溢れたものだったので、わたしは心臓の鼓動が速くなるのを感じた。

「俺はお前が気に入っているのだ。つまり……」

「はい？」

「ちゃんと言えと言われたからな」

「はい？」

「だから、俺は……ミレーヌ」

突然、レンドール王子はわたしを抱き寄せたかと思うと「これは意外に緊張するものなんだな。しかし、男としての踏ん張りどころだ」と、ぐいっとわたしの顔を胸に押しつけた。思わず「ふぐう」と変な声が漏れてしまう。

「レンドール様、鼻が潰れて……んー」

「ああもう！　だが言わせてくれ！　俺はミレーヌのことが好きなんだ」

「えっ？」

「俺はお前が好きだ、可愛い、だから誰にもやるつもりはないし、ずっとお前だけを俺のそばに置いておくと言っているんだ」

えええええええっ？

わたしはレンドール王子の胸の中で全力でもがき、ぷはあっと顔を上げて潰れた鼻を救い出した。

びっくりして見上げたその顔は真っ赤に染まり、視線はそっぽを向いている。

「……今、わたくしのことを好き、っておっしゃったのですか？」

「もう言わないぞ！　二度とは言わないからな！」

視線を合わせない俺様王子様は、赤い顔を片手で覆って言った。

「レンドール様が、わたくしのことを、好きって……」

「繰り返す必要はない！　それはお前の心にしまっておけ！」

「レンド……さま……う……」

「本当にもう言わない……え？　ミレーヌ？」

「ふえええええん……」

「ミレーヌ、おい、泣くなって、ばか」

わたしはレンドール王子の上着を握りしめて、昔々に彼に意地悪をされた時よりも大きな声を上げて泣きじゃくった。

「ばか、ミレーヌ、もう言わないなんて嘘だ、その……だから、好きだ」

大慌ての王子様は、あっという間に前言を撤回してわたしをなだめにかかったけれど、わたしの嬉し泣きは止まらなかった。

「好きだミレーヌ、ばか、泣いても可愛いんだから泣くな！　って、俺はなにを言ってるんだ……」

「うわあああああん」

「お前のことが好きだと言っているんだ、お前だけだ、ちゃんと聞け！　ばかミレーヌ！　お前だけを好きなんだから、もう泣くな、泣きやめと言っている！」

「うわあああああん」

わたしは顔をぐちゃぐちゃにしながら号泣し、二度と言わないはずの『好き』という言葉が降り注ぐ中、いつまでも泣きやめずにいた。

初デート

「うふ。うふふ。んふふふふふ」

寮の自室で、ライディとエルダの生温かい視線を浴びながら、わたしはひとり薄気味悪くにやけていた。ソファの上でクッションを抱きしめ、頭の中でレンドール王子のセリフを再生してのたうち回る。

だって、とうとう両想いなのですよ！

十年越しの恋が実ったのですよ！

この際、顔が多少だらしなくなっても仕方がないというものよ。

「レンドール様に好きって言われたー、ぐふふふふむふむふ」

段々と笑い方が変態じみていくのも勘弁して。

「気持ち悪い幸せ表現ですね」

「顔がたるみ切ってますね。でも害はないし、放っておきますか」

「下手にのろけられても鬱陶しいですからね、自分の世界に入っていてもらいましょう」

ライディとエルダはそんなわたしの相手をする気がなく「やれやれ」というように顔を見合わせ

てから放置していたので、わたしは思う存分にレンドール王子のドキドキシーンを脳内でリピートさせて、嬉しさを全身で表して転げ回っていた。

あの日、わたしが散々泣いたあとに、優しくわたしの髪に指を絡ませながら、レンドール王子は辛い思いをさせたお詫《わ》びになにかプレゼントしてくれると言った。

「欲しいものはないのか？」

肩を抱き寄せてわたしの黒い髪を指ですきながら、秀麗な顔に笑みを浮かべたレンドール様が、顔を覗き込んでくる。

いいえ、欲しいものはもういただきましたわ。

それはあなたのこ・こ・ろ。

なんてねなんてね、きゃーきゃーっ！

というようなことはもちろん言わずに（っていうか、それを言ったら恐ろしい目に遭うような気がした。十八禁的に）しばし考えたわたしは、泣きすぎて酷くなったらしい顔に、王子が貸してくれた濡れタオルを当てながら言った。

「それならば、レンドール様にしていただきたいことがあるのですが」

「何だ？」

何でも言ってみろ、というように優しく微笑んだ顔は、輝く金髪に縁取られてため息が出そうになるほど美麗だった。

うわあああ、何という破壊力！

わたしがソファに座っていなかったら、くたあっと腰を抜かすレベルである。どんな女性も腰が砕ける貴公子ぶりなのである。婚約者だというのにいまだに免疫ができないのは困ったことであるが、レンドール王子がかっこよすぎるのが悪いのだ。泣きすぎてぶちゃいくになってるわたしが隣にいるのがはばかられるくらいだわ、と内心ため息をつく。

美女と野獣ならぬ、イケメンとぶちゃ犬である、とほほ。

「あの……えっと……」

恥ずかしくてもじもじしながら、火照る顔をタオルで隠し、そうっとレンドール王子の顔を見上げながら言った。

「……デートを、してくださいませんか」

「デート？」

そう、両想いになった男女がすることは、まずデートでしょう！

「はい。レンドール様とふたりでお出かけをしてみたいのです。あっ、無理にとは言いませんわ」

レンドール様が首をひねっているのを見て、慌てて付け加える。

王子様とデートだなんて、やっぱり図々しかったかしら。

でもね、ふたりで手繋ぎデートをするというのは憧れなのよ。

日本でもやったことないしね！

そもそも、彼氏なんてできたことなかったしね！

「いや、別に無理ではないぞ。護衛が数名ついてもよければ構わない。ただ……」

レンドール王子は真面目な顔をして言った。

「俺は女とデートなどしたことがない。どうすればいいのか？」

「えっ？」

「だってそうだろう、婚約者のお前とさえしたことがないんだぞ。誰とするというのだ？」

デートを、したことがない。

それじゃあこれが初デート？

ふたりとも初デート？

うわあ！

わたしはものすごく嬉しくなってしまった。

うん、レンドール様はわたしの存在を気にかけて、今まで他の女性とデートしないでいてくれたのね。

こーんなにかっこよくって、今まで女の子にたくさん誘われてきただろうに。

やんもう、レンドール様、好き好き大好き！

わたしはふにゃあと情けない顔になって、レンドール王子をにやけ切った顔で見てしまったらしい。

「……ミレーヌ、そういう顔で俺を見るのは……ああ、ったく」

完璧王子顔が崩れて赤くなったレンドール王子が、口元を手で覆いながら青い瞳をわたしから逸らした。

「レンドール様？」

「お前なあ、いろいろ我慢しているこっちの身にもなれ」

「はい？」

「だから、お前が怖いと言うから、そういうことは少しゆっくりにしようとしているのだからな！」

「ええと？」

レンドール王子の顔を見上げながら首を傾げていると。

「だーかーらー、ああもういいから！　がんばれ！　俺もがんばっているからお前もがんばれ」

「？　はい、わたくしもがんばりますわ？　え？」

何だかわからないけど、王妃候補としてがんばる決意を述べたらいいのかしらと思って返事をしたわたしに、レンドール王子のキラキラしい顔が近づいてきて。

「んーっ？」

うっかり見とれていたら、ちゅーされてしまった！

片思いのキスと両想いのキスって違うのね。

とても恥ずかしくて……とってても嬉しいの。

しかし！

いつもよりかなり時間が長めである！

わたしの唇にくっついたレンドール王子の唇は、何だかはむはむし始めてなかなか離れないし、更に舌まで出てきてわたしの唇に沿って動いている。

口を開けると危険、と本能が告げる。

だが苦しい！

酸素ーっ！

唇を塞がれたわたしがバタバタ暴れて、やがて酸欠でクタッとなってから、レンドール王子の唇が離れた。

「ミレーヌ……なにをしているのだ？」

「息！　息してますわ！」

わたしははあはあと荒く息をして、必死で肺に酸素を取り込んだ。

キスとは危険なものだったのね。知らなかったわ。

「申し訳ございませんが、口づけは十秒以内でお願いいたします、わたくしそれほど息がもちませんので」

「なぜ？」

「口を塞がれたら、息が止まってしまいますわ！　レンドール様はあらかじめたくさん息を吸っていらっしゃるのでしょうけれど、不意をつかれたわたくしはそんなに息が止められませんのよ」

「……なぜ息を止めるのだ？」

「え？　だって……レンドール様は止めていらっしゃらないの？」

「お前……これは何のためについているのだ」

「いたたたた、鼻が痛いですわっ」

いきなり鼻を摘まれたわたしは、泣き声を上げた。レンドール王子の手を振り払うと、両手でじんじんする鼻を押さえて睨む。

新手のいじめですか！

「酷いですわ！　ただでさえ腫れておりますのに」

「お前の鼻は飾りものか？　ちゃんと息をしろ」

「はい？」

「は・な・で・い・き・を・し・ろ。わかったらもう一度」

顎に指をかけられ、くいっと上に向けられた。

きゃあああああ、またキスされる！

と思ったら、あと十センチというところで王子の顔がピタリと止まったかと思うと、わたしから離れて背けられた。

「お前の顔……毛が逆立った……子猿のようで……」

手で額を覆いながら呟く。

「すまん、猿に口づけるには俺の愛が足りないようだ」

猿！

猿って言われた！

がーん……なのである。やはりそこまで不細工なのだろうか？

ショックを受けて固まっていると。

「嘘だ」

摘まれてまだ痛い鼻の頭にチュッとキスをされた。

「お前は猿顔になっても可愛いな、どうしてくれよう」

いじめっ子王子はにやにや笑いながら、わたしのおでこやまぶたやほっぺたにチュッチュッしまくる。

「レディに向かって猿とは何たる失礼！　たとえレンドール様でも聞き捨てなりません！」

「怒った猿、可愛い」

「可愛いをつければ許されると思ったら大間違いですわ！　んーっ！」

またキスされた！

見かけは天使なのに、中味がいじめっこなのは変わっていなかったのね！

わたしは口を塞がれながら、レンドール王子の胸をぽかぽか叩いたのだけれど、筋肉に弾かれて指が痛くなっただけだった。

何だか負けた気がして腹が立つわ！

「ああもうミレーヌが可愛すぎて辛い」

「いったあい！」

耳を噛まれた！

言ってるセリフは甘いのに、何で噛むの？　それともわたしが知らないだけで、男の人って女性を噛むものなのかしら。

ああなるほど、だから『男は狼』だとか『男はケダモノ』とかって言うのね？

大人の男性の愛情表現は難しくてよくわからないわ。あとでエロい大人のライディに聞いてみなければ。

「すまん、つい」

と言いつつ、今度は噛んだところを舐めている王子。耳元がぴちゃぴちゃうるさいからやめてほしい。

「もう舐めるのはおやめくださいませ」

「なにか感じないか？」

「しみて痛いです」

「もっと噛んでもいいか？」

「ダメです！　何でさっきから意地悪をなさるのですか」

「ミレーヌをいじめると、少し気が収まるようなのだ」

わたしはサンドバッグなの？

「でないと、お前に大人のいじめをしたくて我慢できない」

それはどんないじめなのですか？

よくわからないけど、そういうのは痛そうなのでいやだと言ったら。

「痛くしないから、少ししてみてもいいか？」

全力でお断りしました！

「ねえライディ、ちょっと聞きたいのだけれど」

大好きなレンドール王子とのひとときを何度も噛み締めるように思い出し、ぐふぐふ言いながら存分に転がり回って満足したわたしは、レンドール王子の訳のわからない振る舞いと大人の男性の愛情表現について、男性代表としてライディに聞いてみた。

「あー……」

すると、ライディは眉間にしわを寄せてグリーンがかった銀髪頭をがしがしとかき回し、しばらく天井を眺めたのちに、エルダの肩をぽんと叩くと「チェンジ」と言って席を外してしまった。

「ちょっと！　何で行っちゃうの！」

ライディの訳のわからない行動をおとなしく見守っていたわたしがその背中に声をかけると、ライディはひとつ肩をすくめて出ていった。

「お嬢様、チェンジなのでわたくしが」

説明を求めて振り返ると、金髪美女のエルダが普段はあまり見せない笑顔でわたしに言った。

何か嫌ーな予感がするんですけど。

そして、その予感は当たるのであった。

「ひゃあああああ」

今度は奇声を上げながらベッドを転がり回るわたし。エルダは懇切丁寧にレンドール王子の行動の意味を教えてくれたのだ。

「やだーやだやだレンドール様のえっち！　信じられない！」

耳を嚙まれた訳と、舐められた訳を知ってしまった！

それは、大人の世界への第一歩だったのだ。

聞いたことがあったかもしれないけれど、自分のことには結びつかなかった……嫌がらせじゃあなかったんだ。

「ミレーヌ様、何度か申し上げていますが、どんなに見た目が麗しくとも、殿下もひとりの若い男性でいらっしゃるのです。しかも青春真っ盛りの十八歳、本能を理性で押し込めようとしても暴れ馬のように蹴破られてしまうのですよ。それは決して殿下の人間性に問題があるわけではなく、むしろごく健全な反応なのです。その辺りをよく理解していただかないと」

「でもっ、でもねっ！」

「お嬢様ももう十六歳になられています。来年には結婚なさるのですよ？　いくら過保護に可愛がられて育ったとはいえ、あまりに幼いことをおっしゃられたら殿下がおかわいそうですわ」

エルダが箱入り娘のわたしを諭すように言う。ああ、強制的に上らされる大人への螺旋階段《らせんかいだん》が目に浮かぶ。足を踏み外さずに上れる自信がない。

「けれど、お嬢様の名誉を守るのはまた別の話です。決して殿下の情熱に流されることのないようになさってくださいませ」

「情熱？」

「殿下はお嬢様が思っているよりもずっと、お嬢様に執着なさっていますから。そして、そんな殿下を無自覚に煽るのがお得意ですからね、お嬢様は」

「煽ってなどいなくてよ」

「無自覚と申し上げていますでしょう？　女性の手練手管としてやっているならまだよいのですが、お嬢様は無意識なので始末が悪いのです。とにかく、まずは殿下とふたりきりにならないことにいたしましょう。わかりましたか？　以前に避妊薬のことを申し上げましたが、あれは本当に緊急の場合でございますからね。安易に使おうなどとは努々《ゆめゆめ》お考えにならないように」

「……はい」

わたしは両手を膝の上に揃えて、おとなしく頷いた。そして、お風呂に入ってレンドール王子に嚙まれた耳をごしごしと洗ったら、石鹸がしみて涙が出た。これは『この女は俺のものだ』という印なのだそうだ。

大人って怖い。今度からもっと気をつけよう。

反省して心に誓うわたしであった。


「ミレーヌ、来い」

一年生の教室に堂々と入ってきて、偉そうにわたしを呼ぶのはもちろんレンドール王子だ。俺様な態度をとるのは幼い頃からのことなので、『ちっ、イケメン王子ならなにをやっても許されると思ってやがるぜ！』などとは少ししか思っていない。ええ、ほんの少しよ。

耳の噛み跡が見えないように髪を下ろしたわたしは慎ましやかに微笑み、席を立ち上がってレンドール王子のあとに続いた。教室からはレンドール王子に憧れる女生徒たちの「ああっ、殿下にお会いできるなんて幸せ！」「何て素敵なのでしょう」という黄色い声がした。

あとからついてきたライディを、牽制するように目を細めてちらりと見たレンドール王子は、わたしの肩に手を回して引き寄せた。そのまま耳元に口を寄せられ、わたしはビクリと肩を震わせてしまう。

大丈夫、今日はライディが見てるからきっと噛まれない。

「休みの日は空けてあるか？」

至近距離から王子のいい声が響き、わたしは顔に血が上るのを感じた。

だって、声優さんレベルのイケボなのよ？

それが、耳元で甘く囁くのよ？

腰砕けにならないようにするのが精一杯だわ。

おまけに、横目でちらっと見ると、ものすごく近くにサラサラ金髪の美形顔があるんだから。

身体の半分はくっついちゃっているし、いつの間にかすっかり嗅ぎ慣れた王子の香りが鼻を甘くくすぐるし、乙女の心臓はもうバクバクよ！

「は、はい、もちろん空けてありますわ、今週も来週も再来週もっ！」

妙に裏返った声で返事をすると、朝からご機嫌な王子が満足そうに言った。

「そうか。いい子だ」

そう言うと、レンドール王子はわたしの頭を引き寄せてチュッとキスを落とした。

ぎゃーっ、甘ーいっ！

先日の騒ぎのあとにめでたく思いが通じ合ったのはいいのだけれど、散々わたしに好きだと言って彼の心のハードルが下がってしまったのか、あるいは変に開き直ってしまったのか、王子がやたらと甘いのだ。

大好きなレンドール王子とイチャイチャできるのは嬉しい。キスなんて貰えると嬉しすぎて日向《ひなた》のチョコレートみたいにぐずぐずに溶けてしまいそう。けれど、同時に身の危険も感じてしまい、警戒を怠《おこた》ることができない。

常にライディかエルダが付き添って目を光らせてくれるから、あれから軽いキス以上のことはされていない。

「では、今週の休みにデートをしよう。迎えに行くから外出許可を貰っておけ」

「まあ、ありがとうございます！」

わたしが嬉しくなって笑顔で王子を見上げると、彼はわたしの頭を何度か優しく撫でてから頬に手を滑らせた。

「一緒に街に行こう。どこに行くかは俺が決めておく」

「はい。楽しみにしておりますわ」

レンドール様とデート！

きゃあ、嬉しいわ！

顔がだらしなくにやけてしまう。

「そうか、そんな顔になるほど楽しみか。お前は可愛いな」

すりすりと頬を撫でられ、額にちゅっと口づけられた。

「可愛すぎて食べてしまいたいくらいだ」

はっ、喰われる!?

うっとりと王子に身をゆだねていたわたしの脳裏に黄色い信号が灯《とも》り、わたしは彼の腕から逃れて一歩下がった。

「……そんなに露骨に警戒しなくても、ここでは食べない」

どこでなら食べるの!?

わたしがそのまま手の届かない所まで下がると、レンドール王子はなぜか右手を差し出した。手のひらを上に向け、指先をちょいちょいと動かしている。

「？」

握手をしろと言っているの？

わたしが首を傾げていると、彼は舌をちょっちょっと鳴らしながらさらに指先を動かしている。

わたしを呼び寄せるように。

って、おい！

「レンドール様！　わたしは犬猫ではございませんわ！　何ですかそれは！　仮にも婚約者に向か

って失礼にも程がありますわ！」

怒って王子の手を押し返そうとしたら、そのまま手首を掴まれて引き寄せられ、胸に抱き込まれてしまった。頭の上から笑い声がする。

「ばーかばーか、すぐに捕まった」

「何たる卑怯な作戦！　とても未来の王がなさる振る舞いとは思えませんわ、お離しになってくださいませ、ううっ、くるしっ」

「生意気な婚約者め、こうしてくれよう」

抱きしめながら頭のてっぺんを激しく頬ずりされた。

やめてー、ハゲるー。

「殿下、お戯れはそれくらいで。お嬢様の毛が抜けてしまいます」

ここでライディのレフリーストップが入った。

「ははは、毛の抜けた小動物ほど情けないものはないからな」

王子に解放されたわたしは、乱れた制服に乱れた髪をして、はあはあと荒い息をしている。

「ああ、癒されたぞ。ではまたな、ミレーヌ」

爽やかなキラキラ笑顔をわたしに向けると、レンドール王子は片手を振り、自分の教室に帰っていった。

「デートの約束ができてよかったですね」

「ちょっといろいろと納得できないんだけど」

「若者らしい健全なイチャイチャっぷりで良かったですよ」

「あれは健全とは言えなくてよ、最後のとこ！　見てたでしょ！　毛が抜けそうだったし！」

「まったく違和感がありませんでしたが？」

「違和感ありまくりでしょう、どこに目を付けているの」

「でも、嬉しかったでしょ？　よかったですね、殿下と気持ちが通じ合えて。お嬢様が幸せそうで、俺もエルダも嬉しいですよ、一応従者ですからね。両想い記念の特別報酬とか出してくれてもいいですよ」

「……」

まぜっ返しながら言っているけど、ライディの目が思いの外優しかったので、わたしは気の利いた突っ込みが入れられなかった。

お兄ちゃんがいるってこんな感じなのかな？


「おっ、生意気つんつん女。レンドールとデートするんだって？」

廊下ですれ違いざまに失礼な呼び名で声をかけてきたのは、オレンジ頭のイケメン、そして女たらしのサンディル・オーケンスだ。王子の親友であり女生徒からの人気を彼と二分するライバルなんだけど、女癖の悪さがうつるといけないから、正直あまり王子に近づいてほしくない。

「こんにちは、サンディル様。相変わらず女性関係が華やかでよろしゅうございますわね、お噂は下級生の間にも聞こえてまいりますわ。でもレンドール様は巻き込まないでくださいませね、国を背負う大切なお身体ですので、では失礼」

どういうわけかこの先輩に関わるとろくなことがないので、さっさと離れようとする。

「いやお前、本当に失礼だな。先輩に向かって。俺はそんなに女性にだらしない真似はしていないぞ……今はな」

「得意げにドヤ顔をされても困ります」

わざとらしく壁ドンしながら行く手を遮るのは、わたしの言動を面白がっているからだろう。大変迷惑である。

「レンドール様に、サンディル様とはあまりお話をしてはいけないと申し付けられておりますの。やはり身持ちの悪さがうつってしまうからなのかしら」

「モテモテの俺に嫉妬してるだけじゃん？　俺はお前みたいなきゃんきゃん吠《ほ》える犬女は好みじゃないから、気にしなくていいのになあ」

「その割にはサンディル様の周りで、しょっちゅうきゃんきゃん女性が吠え合っているらしいではありませんこと？　わたくしも爛《ただ》れた関係に埋もれた男性は好みではありませんから、気が合ってよかったですわ」

「酷い言いようだな！」

「事実でございましょう？」

「あ、お前、ちょっと妬いてるのか」

「いいえ、まったく。サンディル様は、というかレンドール様以外の殿方は、わたくしの眼中にはございません故《ゆえ》」

「……だろうな。まったく、それにしても本当に口の減らない女だなあ。それから、俺は爛れる前に女性との関係を切っているから、いつも爽やかな男だぞ」

偉そうに胸を張るけど、どう考えてもこの人は女の敵だ。

でも、この世界の貴族としては、サンディル様の行動は別におかしいものではない。レンドール様は王家の者だからむやみやたらに女性と関係を持てないが（隠し子がわらわら出てきたら、国をひっくり返しかねないお家騒動になるでしょ）、モテる貴族に愛人や婚姻外での子どもがいたりするのはよく聞く話である。むしろ平民夫婦の方が身持ちが堅く、浮気には厳しいのだ。

まったく、もうちょっとしっかりしろ貴族！

レンドール様が誠実な男性で本当によかった。でなかったら、女性に大人気な彼だもの、嫉妬でわたしの身が焼かれていたわね。

メイリィひとりでも、あれだけ派手に嫉妬したわたしですものね、もしもレンドール様がサンディル様並みの女たらしだったら、学園は焼け野原ですわ、ほほほ。

「ま、せいぜいデートでイチャイチャしてこい。そしてもう俺を巻き込むなよ」

サンディル様が意味ありげにニヤリと笑い、わたしの頭をぐりぐりと撫でた。


そしてやってきたドキドキ初デートの日。わたしは朝からエルダと一緒に、着ていく服選びで大騒ぎをしていた。ちなみに今日はライディは休日なので、デートにはエルダがお目付け役として同行してくれるのだ。警備の方はレンドール王子付きの護衛が来るので心配はない。

わたしの恋する乙女心としては少しでもレンドール王子に可愛いと思ってもらいたいので、ああでもないこうでもないと言いながら、鏡に向かって服を身体に当てていく。

「……エルダ、これに決めるわ」

わたしが選んだのは、アイボリーの生地に淡いピンクで小花が刺繍されて、アクセントに白い手編みレースがあしらわれているフェミニンなワンピースドレスだ。品のいいお嬢様風に髪を編み上げると、デートにぴったりじゃないかしら？

「そうですわね、なかなかよろしい選択だと思われます、肌の露出も少ないですし」

エルダ的にもOKらしいので早速着替え、背中のくるみボタンを留めてもらってから鏡の前に座り、髪を結ってもらう。普段からエルダにお手入れしてもらっている長くてまっすぐな黒髪は、ブラシをかけられるとさらにツヤが増し、それをエルダが器用に編み込んでからひとつにまとめて結い上げる。街の散策なので、靴は歩きやすい、柔らかい茶色の革の編み上げ靴にした。

支度ができたので鏡の前でくるっと回って、スカートの裾が素敵に翻るかを確認する。おとなしい感じのお嬢様の出来上がりだ。わたしは顔立ちが少しきついので、デートの時はこれくらいシンプルな方がいいと思う。

レンドール様は、可愛いって言ってくれるかな？

王子様モードに入っていたら優しい言葉が期待できるけど、わたしと一緒にいる時だけ顔を出す悪ガキモードだったら無理だわねー。

あの憎たらしい意地悪な笑い方さえも、わたしだけのものだから可愛いと思ってしまうのは、惚れた弱みってことなのかしら。

『ばーかばーか』

思い出すと可愛いすぎて、金髪頭にげんこつ食らわせたくなるけどね！


寮の玄関先にレンドール王子が迎えに来てくれたので、わたしはエルダを連れて男性も入れる下のホールに行った。たまたま居合わせたらしい女生徒たちが頬を赤らめて、王子に話しかけている。麗しい顔に笑みを浮かべて応対する姿は、完璧な王子様だ。返事を貰った女生徒は、憧れの君に優しくされて舞い上がりそうな顔になっている。

ええい、このたらしめ。

いやいや、これも人心を掌握するカリスマであらねばならない王家の者の仕事、妬いてはダメだ。内心で葛藤しながら、レンドール王子に笑顔を見せる。

今日の王子はお忍びで出かけるため、質は良いけど華美ではない格好をしている。シンプルな白いシャツに焦げ茶のパンツ、そこにオリーブグリーンの上衣を羽織ってラフな雰囲気なのだが、背は高いし引き締まった身体をしているのでまるでモデルのようだ。そして顔はいつものごとくキラキラだしね。この学園のアイドルである王子の私服姿を目の当たりにして、女生徒たちがハートをわしづかみにされても仕方がないだろう。

そしてもちろん、わたしのハートもわしづかみにされてますよっ。

レンドール様、今日も素晴らしくかっこいいですわ！

「お待たせいたしました」

わたしが声をかけながらレンドール王子に近寄ると、立場をしっかりとわきまえている女生徒たちがささっと道を開けた。

おほほほほほ、婚約者様のお通りよ！

うっかり上から目線モードに入りそうになったところを、危うく踏み止《とど》まる。

「……」

レンドール王子はわたしの姿を上から下まで見て。

「では行こうか」

なにも言わずにふいっと身を翻した。

おい！

ちょっと待て！

これからデートするラブラブの婚約者が可愛らしく着飾って現れたのよ。

なのに、そのしょっぱい反応は何なの？

一応これでも、悪役とはいえ美少女キャラなんですけれど！

「では失礼」

レンドール様ったら、ファンの女生徒には優しい笑顔で挨拶してる！

なのに、わたしとはろくに目も合わせてくれない。

酷いわ。

「この馬車に乗れ」

街までは少しあるので、馬車を用意してくれたらしい。彼はわたしを押し込むようにして乗せると自分も乗り込み、ドアを閉める。

「あの、エルダも……」

「後からついてくるだろう、問題ない」

王子は何食わぬ顔をして付き添いのエルダを閉め出してしまった。『いやいや、問題あるでしょう!』と突っ込みたいところだけど、立場的に誰も王子には逆らえない。しばらくエルダが「お嬢様ーっ!」とドアを叩いているらしき音がしていたけど、王子の侍従だか護衛だかに止められたようだ。

「さっさと馬車を出せ」

レンドール王子が声をかけると、馬車が動き出した。あまりにも傍若無人な振る舞いに、わたしは眉をひそめて王子を見る。

「……」

しばらく無言のまま、馬車は進む。

「レンドール様」

深いブルーの宝石のような瞳がちらっとわたしを見て、すぐに逸らされた。

ぐぬぬ、仮にも婚約者に対するこの扱い、許すまじ!

しかも、今日は『お詫びのデート』なんだからね。

「レンドール様……わたくし、なにかお気に障《さわ》るようなことをいたしましまして？」

納得できないわたしは、腹を立てながら王子に言った。

ホントに頭に来るわ。なによ、その態度は！

わたしが今日のデートをどんなに楽しみにしていたか、わかる？

もう、かっこいいから余計に腹が立つーっ！

「ミレーヌ」

「はい？」

怒ったわたしは低い声で返事をした。

「……今日は私服なのだな」

「街に出かけるのに、制服じゃおかしいですわよ。レンドール様だって私服ではありませんか」

「まあ、そうだが」

ちらりとわたしを見て、またそっぽを向く。

「申し訳ございませんが、わたくしにはレンドール様がなにを言いたいのかがわかりませんの。もっと直接的におっしゃっていただけませんこと？　わたくしのどこに不満がございますの？　この服がそんな……そんなに……お気に召さないのでございますか？　……似合わなかった……の？」

一生懸命に選んだのに。

レンドール王子に可愛いって、言ってもらいたかったのに。

わたしのテンションは下がり切って、最後は涙声になってしまった。

そんなわたしの様子に、ようやくこっちを見たレンドール王子が言った。

「いや、そういうことでは……すまん、その……」

彼は手で口元を押さえている。

……あら、もしかして、レンドール様は体調が悪かったのかしら？

嫌だわ。よく考えてみると、わたしの格好がいくら気に入らなくても、お世辞のひとつも言わないなんて、すべてにそつがない王子にしてはおかしな振る舞いだもの。

そうよ、きっとお加減が悪いんだわ！　なのに、わたしとの約束を果たそうと体調不良を押して来てくれたのね。

大丈夫なのかしら？

「レンドール様、もしかすると、ご気分が優れなくていらっしゃいますの？　わたくしとしたことが気がつかなくて申し訳ございません。どうかご無理をなさらないでくださいませ」

熱でもあるのかと思い、「失礼いたします」と声をかけて額に触れた。

「ちょ、ミレーヌ！」

あらまあ、耳まで赤くなっちゃったわ。

やっぱりお熱があるのかしら？

「違う、違うのだ」

その手をレンドール王子にきゅっと握られた。

「ミレーヌ、その……可愛いんだ」

「え？」

思わず彼の顔を見つめると、そのままわたしの指先に王子の唇が触れた。

「とても可愛いな、その格好は。ふんわりしていて白い花の妖精のようだ。最近は制服姿のお前しか見ていなかったし、淡い色合いの服を着ている姿が新鮮で……俺は少々うろたえてしまって、妙な振る舞いをしてしまった」

「えっ、あっ、ありがとうございます」

思いがけない甘い褒め言葉を貰って、一気に顔に血が上ってしまう。王子の澄んだ青い瞳がわたしをまっすぐに見つめる。

とても嬉しいですわ、レンドール様！

「お前があまりにも可愛いから、誰にも見せずに独り占めしたくて馬車に乗せてしまったが、ふたりっきりになるのはやはりまずかったな。心を落ち着けようとお前のことを見ないように我慢していたのだが……こうしてじっくり見ながら近くにいると……」

隣に座ったレンドール王子が、手を握ったままこちらににじり寄ってくる。

「わ、あ、あの、お待ちになって」

わたしは距離を取ろうと、腰を後ろにずらして身体を反らせた。

ちょっと可愛いってほめていただければ、わたしは充分なのですよ！　だからそんなに身体を密着させながら、熱い視線を注がないでください！

「可愛いな、ミレーヌは砂糖菓子でできているようだ……」

隙間を空けまいとわたしの腰に手を回してぐいっと引き寄せてから、王子はわたしの指先に舌を這わせた。

「ひゃあっ、舐めるのは禁止です！　味見はお断りいたしますので！」

先手を打って言ったけれど、王子は秀麗な顔に魅惑的な笑みを浮かべて顔を近づけてきた。後頭部に手を回される。

「ほんのちょっと口づけるだけだ」

「やっ、んーっ」

王子にキスされてしまう。

「甘いぞ」

「んー、なわけ、んーっ」

目と口を閉じて、何とかそれ以上は攻め込まれないようにする。

死守！　ここは断固死守！

「ほら、ミレーヌの唇はやっぱり甘いし……いい匂いがする……」

「んーっ、んーっ！」

じたばたと暴れて抗議をしても、ベタ甘モードに入ってしまったレンドール王子はまったく聞く気がない。逃げ場のない馬車の中でたくましい腕に囲い込まれたわたしは、身体を抱きしめられながら唇を塞がれる。

待って、いきなりこんなことをされても心の準備ができていないわ。

レンドール王子はアップで見てもやっぱりわたしの心を貫くような素敵な美貌で、すっかり嗅ぎ慣れてしまった爽やかな花のようないい匂いもするし、くっついた身体からは体温が伝わってきてドキドキするし……。

あれ？　わたし、ちょっと喜んでる？

いや、ダメダメ、ここで流されてはいけないわ。

わたしは顔を背けて唇から逃れる。

「レンドール様、やめてくださらないと、わたくしたちは今度は卒業まで接近禁止になってしまいますわ」

「何だと？」

王子は少し離れると、わたしを見つめた。金の糸のような輝く髪にそっと触れ、わたしは言った。

「学園長から注意を受けておりますの。あまりにも風紀を乱すようなお付き合いをすることは、たとえ婚約中でも見逃すわけにはいかないと。国の頂点に立つ者として、わたくしたちは他の生徒よりも高い意識を求められているのです」

「……」

そう、一週間のレンドール王子との接近禁止処分が解ける時にも、わたしは学園長と面談を行い、今までのわたしの行動を振り返り、ゼールデンの第一王子であるレンドール様の婚約者としてこれからどうしたらよいのかを話し合ったのだ。学園長はわたしの話を聞き、「ミレーヌさん、あなたさなら自分の力でよりよい振る舞い方を見出だせると思いますよ」とわたしの決意を支持してくださった。

「わたくしはレンドール様のことをお慕いしておりますし、レンドール様と共に歩んでいける女性になりたいと思っておりますの。常に次期国王陛下の婚約者として相応しくありたいのです。おわかりいただけますか？」

レンドール王子は黙ってわたしの身体から離れ、ため息をついた。

「……そうだな。いくら可愛いからといって、感情に流された振る舞いをしてはいけないな。ミレーヌ、お前は思ったよりもしっかりと物事を考えているのだな」

「はい。ずっとレンドール様のおそばにいたいので、どうしたらいいのかいつも懸命に考えております」

レンドール王子は「頼もしいな」と微笑んだ。

「さすがは俺が見込んだ女性だ。そのような健気《けなげ》なことを言われると、余計に可愛くてたまらないのだが……俺もお前に相応しい者であるよう、努力していこう」

そう言うと、レンドール王子はわたしをそっと抱きしめて、耳元で囁いた。

「俺の隣に置くのはお前だけだ。ミレーヌ、愛している」

『愛している』『愛している』『愛している』

レンドール王子の腕の中で、ただ今わたしの脳内では絶賛愛の言葉リピート中！

今、わたしの顔は火を噴きそうに赤くなっているはずだ。

ツンデレ俺様王子に、愛の告白をされてしまった。

何だかパニックになってしまい、どうしたらいいのかわからないので、とりあえず本能のままにレンドール王子の身体に手を回してひしと抱きついてみる。

この速い鼓動は、レンドール王子の心臓の音なのかしら、それともわたし？

馬車に揺られながら、わたしたちはしばらく無言で抱き合っていた。

「ミレーヌ……早く結婚したい……離したくないが、離れないといろいろ我慢ができなくなる」

いろいろ……おおっ、それは『男の事情』なのですね！

エルダの教育のおかげで少しは察することができるようになったわたしは、もそもそ動いて王子から離れた。顔を見上げると、王子は目元を赤くして笑った。恥ずかしかったけど、わたしも笑い返した。

「ミレーヌ、今日は思い出に残る楽しい一日にしよう」

「はい」


馬車が止まってドアを開けると、エルダが駆け寄ってくるのが見えた。

「お嬢様、大丈夫ですか？」

「安心しろ、心配するようなことはしていない」

ちょっとちゅーしちゃいましたけどね。

エルダは疑わしげにわたしをじっと眺めてから「ふっ、大丈夫だったみたいですわね」と呟いた。

なにその超能力！

レンドール様はわたしと手を繋いでくれた。彼の手は大きくて節がしっかりとある男の人の手で、わたしの手はその温かさの中にすっぽりと包み込まれてしまう。そして王子はポケットから出した書き付けを見ながら、わたしをいろいろな場所に連れていってくれた。

どうやらレンドール様はこの日のためにお店を調べて、デートプランを立ててくれたみたいだ。

憧れの手繋ぎデートに満足してご機嫌のわたしを、王子はアクセサリーの店に連れていっては髪飾りを選び、カップルに人気のカフェに連れていっては「あーん」と口にケーキを入れてくれて、護衛たちの生温かい目に見守られながらこれぞカップル！　という嬉しくも恥ずかしいことを繰り広げてくれる。しかも、まったく照れない。人目も気にしない。カフェのお姉さんが、照れまくりながら「あーん」と口を開けるわたしに向かって『リア充爆発しろ』的な目で睨んでも、キラキラ王子はまるっと無視なのである。さすが未来の国王陛下、大変な精神力だ、わたしも見習おう。

これが初めてのデートだというのに、なにもかも完璧にこなす。さすが国一番の由緒正しいイケメン王子である。

わたし？　恥ずかしくて死ぬかと思いましたけど！

「ミレーヌ、一件付き合ってほしい店があるのだが」

そう言うと、王子はデートにそぐわない店にわたしを連れてきた。木製の看板には盾の絵が描いてある。

「防具専門店、なのですね」

「ああ。もうすぐ三年生はキャンプ実習があるからな、よい防具を揃えておきたいと思って」

キャンプ実習というのは、生徒が五、六人のグループになって魔物のいる森で一週間を過ごすというサバイバルなもので、一グループにひとり先生が付いて評価を行う授業である。聞くところによると、食べ物もできる限り現地調達するらしい。もちろん、すべての計画は生徒に任され、戦闘訓練もあるのだ。貴族のお坊ちゃんお嬢ちゃんも学園で二年以上勉強すると、かなりタフな身体と心を持つ人間へと鍛えられるというわけ。

わたしたち一年生も、二年後には先輩たちのようにたくましくなれるのかしら？

「防具は大切なものですから、ゆっくり選んでくださいませ」

大事な大事なレンドール王子のお身体をお守りするものですものね！

「貴重なデートの時間を割いて、申し訳ないな」

「なにをおっしゃいますの。わたくしはレンドール様と一緒の空間にいられるだけで幸せですわ」

きゅっと手を握り合って見つめ合って。ふたりの間にピンクのハートが飛び、周りの護衛は砂を吐きそうな顔になる。

お役目ご苦労様です、これもお給料のうちよ。

意外と広いお店の中は、鎧《よろい》のコーナー、盾のコーナー、ときちんと区切られていて、様々な防具が整然と並んでいる。高価な魔力が付与された指輪や腕輪などのアクセサリーはカウンターに置いてあり、店員さんに声をかけると見せてもらえる。

「お前もなにか欲しい防具があったら買ってやるから、適当に見て回っていてくれ。それほど時間はかけないから」

レンドール王子が店員と手甲を合わせている間に、わたしは手近にあるマントを眺めていた。分厚くて野営の時に布団がわりにできそうなマントや、魔法使いの着るローブもある。

「あら、可愛いわ！　これも防具なの？」

キラキラの魔石が使われた装身具が置かれたちょっとお高そうなコーナーを見ると、ボレロにフードが付いた白い防具がケースに飾ってあった。防具らしくない可愛さで、何とフード部分には耳が付いている。

ええと、なぜ耳？

しかもこれは、犬とか猫のような先の尖った耳ではなく、フェレットのような小動物に付いていそうな白くてまあるい耳である。防具につけるには緊張感の感じられない半円型のそれなのである。

「お嬢様、こちらは様々な機能が付いた逸品なのですよ」

わたしが首をひねっていると、別の店員さんが説明してくれる。

「ボレロの生地には魔法がかかったミスリルを織り込んでありますので、夏場は日差しを遮《さえぎ》って涼しく、冬場は保温機能が働き大層温かい上、装着すると素早さが約一・五倍になる魔法がかかっております。この耳型の部分が更に魔法効果を高めているので、実質では二倍近くのスピードアップ効果がございます。そのため攻撃を素早く繰り出すこともでき、相手からの攻撃も回避しやすくなるという一流の防具なのです」

「まあ、二倍もスピードアップするなんて、すごい効果ね！」

「この耳型のデザインのおかげでございます」

なるほど、魔法はイメージ力が大切だから、素早く動く小動物をイメージする耳を付けることによって、より大きな効果が現れるようになっているのね。

「しかもこちらは大変品がよく、普段のお出かけにも使えるデザインとなっております。どうぞお嬢様、羽織ってみてください」

店員さんがわざわざボレロを下ろして肩にかけてくれた。

「あら、とても軽いし、フードをかぶっても意外と邪魔にならないのね。手触りもとてもいいわ」

「防染加工がされていますので、戦闘時にも汚れがつきません」

「素晴らしいわ」

フードで視線が遮られるかなと思ったらまったくそんなことはないし、白くて柔らかな生地はふわりと肩を覆っているから品も良いし可愛らしい。

「もちろん戦闘時に動きを妨げることがありません。どうぞこちらの鏡をご覧ください」

……今日のワンピースにも似合っているし、耳がポイントになって可愛いわ。しかも、素早さがアップするなんてお得な効果ね。日よけにもなるし、防具にしてはずいぶん高級感があるから、おしゃれ着にしか見えないわ。

「大変よい品でございますので、お値段は少々張るのですが、一点もので他では手に入りません」

「そうなの。気に入ったわ。ねえレンドール様、どうかしら？　素敵なボレロでしょ？」

手甲を付けて腕を振っているレンドール王子に声をかけると、彼はこっちを振り向き。

「ん？　……」

そのまま動きを止めた。

「素早さが二倍になるんですって。すごい効果でしょ。攻撃回避に特化しているみたいよ」

「……」

「デザインもいいからこうして普段使いにもできますのよ。ね？　似合うかしら？」

なぜか口を開けたまま固まり、まじまじとわたしを見つめている王子に向かって、首を傾げて聞く。

しかし、返事がない。

「んもう、レンドール様ったら、何とか言ってくださいませ」

わたしはとととっと走り寄った。

「どうかしら？」

「ミ、ミレーヌ」

レンドール様はなぜか震える両手を伸ばし、耳の部分を摑んでもみもみした。

「……なぜっ、なぜ耳なのだ⁉」

ハアハアと息が荒くなっているけれど、どうかされたのかしら。

「この耳が魔法の効果を高めている部分なのですわ。優れものだと思うのですけれど……わたくし

にはこの耳は似合いませんか？　幼すぎるかしら」

わたしはメイリィみたいなふんわり可愛い系ではないから、やっぱり耳はミスマッチなのかもしれないわね。

残念だわ、すごくいいボレロだと思うんだけど、似合わないんじゃ嫌だわ。

「やっぱりこれはやめて……」

「いや、いい、すごくいい！　すっごくいいぞ！　そのボレロはお前にとても似合っている、お前のために作られたのではないかと思えるくらいだ。だがな……」

レンドール様は両手でわたしの肩を摑んで真剣な顔で言った。

「この防具は、俺か、信頼できる護衛が近くにいる時以外は絶対に身に付けてはならないぞ。この姿は破壊力がありすぎる」

「破壊力？　防具だから攻撃力は上がりませんわ」

わたしが首を傾げると、レンドール様はなぜかびくっとして「ふおっ！」と変な声を出した。

「そうではない！　この耳を付けたお前の姿は、ある趣味を持った者にとっては非常に理性を揺さぶられるものなのだ。うっかりすると、理性がどこかに吹っ飛んで、そのままお前をひょいとさらいかねないくらいにな」

「人さらいに狙われやすいってことですの？」

王子の言葉に、なぜか護衛の皆さんがうんうんと頷いている。おまけにエルダも頷いて言った。

「ええ、これはある種のマニアにはたまりませんわね。さらわれて、鎖に繋がれ監禁される恐れもありますわ」

なにそれ。怖いんですけど。

「あまりにも危険すぎる、リスクの多い防具だ。だからお前の身の安全が護られている時以外は着るなよ？　約束できるか？」

「ええと……買わない方がよろしくて？」

「買う！　買うから脱がなくてよい！　このまま着ていくのだ！」

レンドール王子は男らしくきっぱりと言い切った。そして、笑顔の店員さんに少なくない代金を払って、わたしにボレロを買ってくれた。

「あの……ありがとうございます」

よいものをプレゼントしてくれたので、にっこり笑ってお礼を言ったら、赤い顔でしばらくぶるぶると震えてからぎゅうっと抱きしめられてしまった。

「ぐうっ、可愛すぎて、もはや凶器！」

だから、防具で攻撃力はないのですよ？


「よく歩いたから、少し休もう。足は痛まないか？」

「はい、大丈夫ですわ」

レンドール王子はまたポケットから書き付けを取り出し、調べてきたお店を確認している。

「こっちだ」

手を引かれながら歩く。レンドール王子とわたしは頭ひとつ分ほどの身長差があるので歩く速度が違うのだけれど、最初にそれに気づいてからはわたしに合わせてゆっくりと足を進めてくれている。

その気遣いが嬉しくて、顔を見上げて笑うと、空いた手で頭を撫でられた。

きゃあ、撫でポですね！

レンドール様、大好きです！

「今日のためにおすすめの場所を調べてくださったのですね、ありがとうございます」

「デートに詳しい友人に聞いてきたのだ。……あのサンディルだが」

「ああなるほど、サンディル様ですか。あの方はこういうことにはお詳しいでしょうねえ」

女性にモテモテ、女たらしのサンディル・オーケンスなら、あらゆるデートスポットを把握されているでしょうからね！

「さて、ここがサンディルおすすめの休憩場所らしい」

「はい」

わたしはレンドール王子に手を引かれながら、二階建ての建物に入った。受付のようなものがあり、カフェやレストランではなさそうね、と思っていたら、怖い顔をしたエルダがやってきた。

「なりませんわ、外へ出てくださいませ」

わたしの背中をぐいぐいと押してくる。

「ちょっとエルダ、どうしたの？」

「どうしたの、ではございません。殿下、どういうおつもりで……殿下？　ここがどこかわかって……らっしゃらない？」

「疲れたら休む場所……ではないようだな！　ミレーヌ、出るぞ」

赤い顔をしたレンドール王子に引きずられるようにして、建物の外に出た。

「サンディルは一回サクッと斬っておいた方がよさそうだな」

なぜか黒い笑顔で物騒なことを呟く王子。

あの建物は何だったのかしら。

見ていると、カップルばかりが入っていく。

みんな肩を抱いたり腕を組んだりして仲がよさそうだ。

こ、これはもしや。

異世界ラブホ……？

「いいんだミレーヌ、耳の似合うお前の来るような場所ではない。結婚したらこういう所にも連れてきてやるからな、今日は違う店に行こう」

「……はい」

わたしは真っ赤になって俯いた。

おのれ、サンディル・オーケンス！

ここは節操のない奴の行きつけの場所なのだな、あの女の敵め！

わたしは想像の中で、オレンジ頭をヒールの踵《かかと》でぐりぐりしてやるのだった。

異変と魔女

「ミレーヌくん、参考資料が届いているので、後でわたしの部屋に来なさい」

「はい、ありがとうございます」

わたしは魔法実践の先生にお礼を言った。

魔力はたっぷりあるのにそれが使えないというわたしには、なにか隠された力があるはずだから文献を調べながら探すようにと指導されている。先生はわざわざ王宮の筆頭魔導師に相談してくれて、わたしたちは王宮図書館から貸し出された資料の中から、何とかヒントを探し出そうとがんばっているところ。魔法関係には天賦《てんぷ》の才があると言われるメイリィも手伝ってくれている。彼女に言わせると「いい研究材料」ということらしい。

わたしに気を使わせないように言っているのかと思いきや、結構本音のようだ。さすがいい仕事に就くためには努力を惜しまないメイリィである。

そして、彼女は王宮の筆頭魔導師（二十代後半、ややイケメン）になにか特別な思い入れがあるらしく、わたしはそれが憧れから恋へと成長するのではないかとにやにや見守っている。

「筆頭魔導師様から、一度わたしの魔力を見てくださるとお声がけいただいているのだけれど、もちろんメイリィも一緒に来ますわよね？」

「あら、別に、行っても構わないけど」

「筆頭魔導師様とはお知り合いなのでしょう？　それに王宮魔導師になりたいのでしたわよね」

「そうよ、お給料がいいし！　わたしも魔力を何度か見てもらっているから、知り合いだけど、本当にそれだけなんだから」

　ツンデレメイリィ、顔が赤いです。

「とりあえず、山のような資料を片付けましょうよ。どこかにミレーヌの魔法の手がかりがあるといいんだけど」

「そうですわね。もうずいぶんと魔法の歴史に詳しくなりましたわ」

　魔法には攻撃、回復、人や物に対する魔力付加、結界作成などがあり、人によって得手不得手がある。

　例えば、メイリィは回復魔法が得意で、少ない魔力で大きな治癒効果を出すことができる半面、攻撃魔法はごっそり魔力を使う割にはたいしたことができない。

　レンドール王子は武器に炎や雷などの属性を付与したり、自分の身体にかけて一時的に身体能力をあげることができる。いわゆる魔法剣士なのだ。

　ところがどうわけか、わたしはそれらのうちのどれも使うことができない。できるのは、ちょっとの魔力でちょっとの効果を出す生活魔法と、弱い回復魔法だけだ。指先に火を起こすことはできるが、それを大きくしたり飛ばしたりはできないのだ。

かといって、身体能力に秀でているわけでもなく、腕っ節に自信はない。これでは、再来年のキャンプ実習ではお荷物になってしまうこと間違いなしなのである、うわーん。

「変わっていてとびきりレアな魔法、ないかしら」

わたしは本のページをめくりながら、メイリィの呟きに首を傾げた。

「ミレーヌ様の魔力の状態って、かなりいびつなのよね」

やがて隣で同じように本のページをめくり「これじゃ手がかりがなさすぎるわ！　片っ端から試していたらおばあちゃんになっちゃうわよ」と言ってバタンと表紙を閉じメイリィが言った。

「いびつって、どういう意味？」

「魔力はたっぷりあるの。そして、使おうとすると倒れるくらいに身体を巡るわけだから、動きも申し分ないわ。なのに使えるのは小さな魔法だけだなんて……なにか、とびきりユニークな魔法が使える代償に、他の魔法が封じられているような気がするのよね」

「あら、そういうものなの？」

「過去に変わった魔法を使えた人たちは、そんな感じのケースが多かったの」

さすがは魔法の優等生、将来の就職に備えてわたしの知らないことも研究しているようだ。

「メイリィくんの目の付け所はいいかもしれないね」

先生もメイリィをほめている。

「そうすると、もしかしたらミレーヌ様しか使えないオリジナルな魔法という可能性もあるわね。だとしたら、過去の文献からは見つからないかもしれないな。……でも、近いものを試したら誘導されて現れてくるかも……あ、これはどうかな？　使えるかもよ。……一発魔法『守護《アミュレット》』、あ、これはダメなやつだわ」

「あら、どうしてダメなの？」

「魔力の消費が大きすぎて、使った途端に倒れて一年間眠り続けちゃうんだって」

「そんな魔法、恐ろしくて試し打ちできませんわ！　別の魔法をお願いいたします！」

無駄に大きな魔力の使い道を探して、わたしと先生とメイリィはひたすら文献を読みあさり、これはと思ったものをピックアップしては魔法練習場で試してみるのだが、いまだに成功しないのであった。


その噂を聞いたのは、先生とメイリィと三人でせっせと魔法の知識をため込んでいる時期であった。三年生のキャンプ実習はもうとっくに終了し、生徒たちは全員無事に帰還したというのだが、その頃からリリアーナ様の様子が変だというのだ。中身は高飛車なお嬢様だけど、見た目はお上品なタイプであったリリアーナ様なのだが、なぜだか突然妖艶な女性に変わったらしい。キャンプでなにかあったのだろうか？

「あのね、先輩方に聞いた話ではね」

身分差をものともしない大胆なメイリィは、交流のある三年生から情報を得てきたらしい。フットワークの軽さといい、コミュニケーション能力といい、大変優れた人材になりそうなので、将来はそばに置いておけないものかとレンドール王子と画策している。本人は王宮魔術師希望だから、その線から引っ張り込みたい。

ちなみに、腕のいいサンディル・オーケンスのこともレンドール王子は狙っているので、おそらく騎士団経由で勧誘するだろう。彼は悪い悪戯もたくさん知っているから、王子に悪影響がないか心配なんだけど。

そうそう、メイリィが得た情報によると。

リリアーナ様たちのグループは、キャンプ中にちょっと不思議なことがあったそうなのだ。とある洞窟の近くで突然リリアーナ様が「呼んでいる声がする」と言って、特に魔物の気配もないこともあり洞窟の中へ確かめに行ったらしい。

「それで？　なにがありましたの？」

「なにもなかったそうよ。みんなで、もちろん先生も一緒に洞窟の奥まで入ったけど、なにも変わったことはなくて……気がついたら洞窟の外にみんなで立っていたらしいの」

「気がついたらって……記憶がなくなっていたということですの？」

「いいえ、もっと曖昧《あいまい》な……何だ空耳か、みたいにお喋りしていたらいつの間にか外にいたんですって」

んー、なにかあったような、単なる勘違いだったような、微妙な事件ね。先生がいたから、確認はしっかりしたと思われるし。

だけど、リリアーナ様の様子がキャンプを境に変化したというのなら、その事件に原因が隠れているという線も捨て切れない。

「先輩の話によるとあの森には魔女伝説もあるみたいだし、何だか気味が悪い事件よね」

「魔女ね。洞窟の中に魔女が作った、女性的魅力が増す魔法の泉でもあったのかしら」

だとしたら、ぜひわたしも行きたいところだわ。

この時わたしはまだ、事の重大さに気づいていなかった。


「レンドール様?」

異変はじわじわと日常を蝕《むしば》んでいた。

わたしは魔法の発見にかかりきりで、ろくにレンドール様と会えない日が続いていたので、婚約者と健全に交流を深めようと三年生の教室に行ったのだが、そこで信じられない光景を見た。

「あら、ミレーヌ様。ご機嫌よう」

レンドール王子の隣で婉然と微笑むのは、まるで別人のように大人っぽい雰囲気をまとったリリアーナ・ヴィレットだった。王子の腕に自分のそれを絡め、身体をしな垂れかからせて、その姿はまるで獲物を捕らえた蛇のようだ。

そして、驚いたことに、レンドール様はそのように不埒で下品な振る舞いを、リリアーナ様に許しているのだ。

「リリアーナ様、身体をレンドール様からお離しください」

「あら、どうして?」

「学生がするに相応しい振る舞いではありませんし、だいたい婚約者のいる男性に対してそのようなことをなさるのは」

「誰が誰の婚約者ですって？」

リリアーナ様はふふふ、と含み笑いをした。

「大丈夫ですわよ、殿下はもうすぐあなたとの婚約を解消されますから」

婚約解消ですって？　そんな馬鹿なこと。

「ねえ、殿下」

レンドール王子の顔を見る。さっきから全然視線が合わないのはなぜだろう。いつもわたしを見て輝いている瞳は、曇りの日の湖のように鈍《にぶ》い色をしている。

「それでは失礼。殿下、参りましょう」

「レンドール様、お待ちください」

何でリリアーナ様の言いなりになっているの？

王子はわたしを視界に入れず、教室に入ってしまった。

「レンドール様！　どうなさったの！」

「しつこい女性は嫌われましてよ」

リリアーナ様は振り返って、赤い唇の端を吊り上げた。

「サンディル様、こっちにいらして！」

わたしは教室の中にいたサンディル・オーケンスを呼びつけると、腕を摑んで人気《ひとけ》のないところに引っ張っていった。

「だからお前はもっと先輩を敬えよ」

「レンドール様になにがありましたの？　明らかにおかしいではありませんか」

するとサンディル・オーケンスは表情を変えた。

「……まあな。キャンプから戻ってからリリアーナが今まで以上にまとわりつくようになって、最初はレンドールもうまくかわしていたんだけど、段々と奇妙なことに……何なんだろうな、あれ。お前がなかなかやらせないから、色仕掛けに落ちたんじゃ、いてっ！」

わたしは飛び跳ねて、背の高いサンディル様に脳天チョップを食らわせた。

「王族に対して何たる不敬な発言！　殿下に代わって成敗いたしますわ！」

「先輩を殴るなよ！」

「レンドール様は目先の快楽に惑わされるような方ではございません。常日頃から自分のお立場を考えて行動なさる方ですわ。だからこそ余計に心配なんですの」

「ああ、そうだな」

わたしの言葉に、サンディル様はおちゃらけるのをやめた。

「急激な変化ではないから、クラスメイトたちは気がついていないが、明らかにリリアーナの行動はおかしいし、それを許すレンドールも絶対におかしい。あれはそんな男じゃない」

「サンディル様と違ってね」

「そうだ。って、一言多い」

サンディル・オーケンスにデコピンを一発食らってのけぞり、「いたた」とおでこを押さえてからすぐに真面目モードに戻る。

「まさかレンドール様は、リリアーナ様に怪しい毒でも盛られて、錯乱なさっているのでは……」

「毒か。うーん、まさかとは思うけれど一度調べた方がいいかもしれないな。じわじわと精神をやられるようなやつを……だが、いくらレンドールの寵姫《ちょうき》に収まりたいからといって、あのリリアーナがそこまでするかな？　王族に毒を盛るなんて、一族郎党まとめて首が飛ぶような犯罪だぞ？　利得よりも露見した時の不利益が多すぎる。なにしろ命がけなんだからな」

「うーん……絶対にバレない自信があるならどうかしら？　たとえば証拠の残らない毒が存在するとしたら？　レンドール様の精神を歪めて、寵愛を得られるような毒薬ってあるのかしら？」

　わたしに仕えている傍らのライディに聞くと、「そんな都合のいい毒薬は聞いたことがありませんね」と答えが返ってきた。

「おい、つんつん女、万が一毒を盛られているとしたら、どうやって飲ませているんだ？　レンドールも俺と一緒に普通に食堂で食べているが、俺の見ている限りでは食事時にリリアーナは近づいていないしな」

　仲のいい友人であると共に、何となくレンドール王子の身辺を警護するような立場であるサンディル様は、王子の動向に気を配っているため詳しいのだ。

「そうね……鼻から吸わせているとか？」

「それだと周りの人間も毒を吸い込むから、すぐにバレるんじゃないか？」

「接近して肌に擦り込んでいるっていうのは？」

「制服は長袖だし、素手で毒を扱うリリアーナの方が逆にヤバいんじゃね？」

「それもそうね……じゃあ、毒ではないのかもしれないわ。他にレンドール様の心を操る方法はないかしら……」

いったいなにがレンドール様の身に起きているのだろう。

彼は次期国王になる、責任感と精神力の強い人間だ。わたしはレンドール王子のことを信じているから、リリアーナ様が何らかの悪しき技で王子に害を与えているのだと考える。

「魔女……」

「うん？　魔女だって？」

「ええ。何だかリリアーナ様が、お伽話の魔女のように見えるのよね」

魔女は王子に、何の魔法をかけたのかしら。

「サンディル様、魔法はどうかしら？　リリアーナ様にはどんな魔法の力があるの？」

「確か、水を操る魔法だったと思うが、たいした力はなかったと思うぞ。彼女は攻撃よりも防御を得意としている。授業では水のバリアを作っていたぞ」

「精神を操る魔法を使えるのでは？」

「それを使っているところは見たことないな。それに、気絶させるとかいうレベルならともかく、人の意識に関わるような魔法って難しいんじゃないのか？　リリアーナはそれほど魔法の優等生ってわけじゃないぜ」

リリアーナ・ヴィレットの、笑いの形に歪んだ赤い唇が脳裏に蘇る。

あれは確かに魔女の笑いだ。魔女が人を嘲笑《あざわら》う、ねじ曲がった心の笑い。

キャンプの夜に、リリアーナ様の身になにが起きたのかはわからないけど、それがレンドール王子を害するというなら、わたしが何とかしなければならない。

彼の婚約者として。


「魔女、魔女魔女、うーん」

放課後の寮の部屋で、わたしは頭を抱えていた。今日ばかりは魔法の資料探しも手につかなくて、先生とメイリィに断って早く切り上げさせてもらった。

ああ、自分のことにかまけている間に、レンドール王子になにかがあったのだと思うと悔やまれる。両想いになって油断していたのと、魔法探しに夢中になってしまったせいだわ。

ひとつのことに集中してしまうと、他のことが目に入らなくなるのはわたしの悪い癖ね。反省しよう。

食事が終わったのでソファに移って必死で記憶を探っていると、エルダがテーブルに夕食後のお茶の用意をし始めた。ちなみに、夕食は寮の各部屋で食べるのが一般的である。

「わたくし、どこかで魔女の情報を頭に入れたのよね、思い出せないの。何だったっけ？」

「魔法の歴史に関する文献からではありませんか？　ずっと調べていらっしゃるのでしょう」

こぽこぽこぽ。エルダの白い指先がポットに絡み、澄んだ赤い色のお茶を入れる。

「やっぱりそこしかないわよね。あの山のような資料の中に魔女についての記述があったのかしら。あー、あまりにも膨大すぎて覚えていないの。明日メイリィに聞いてみよう、彼女は記憶力がいいからわかるかもしれないわ。それより」

わたしは珍しく無口なライディに向かって言った。

「お茶を飲んだら、レンドール様の所に行くわよ」

「わかりました」

「あら、止めないの？　こんな夜遅くに出歩くな、とか言われるかと思ったわ」

消灯とまではいかないけれど、もう日も沈み、よそのお宅を訪問するにはいささか遅い時間である。

わざわざこんな時間にしたのには訳がある。リリアーナ様がレンドール王子に何らかの影響を与えているのだとしたら、放課後になって彼女が離れ、なるべく時間が経過したあとの方が、レンドール王子の状態が通常に近くなっているのではないか、と考えたのだ。

「まあ、止められても行くけどね！　学園ではリリアーナ様がいて、まともに喋れないんですもの」

陰から観察していたのだけれど、リリアーナ様はレンドール王子をぴったりマークしていた。バスケで言うならマンツーマンのディフェンスである。彼の気を引くためというより、接近することを必要としているのではないかと思う。

「……お嬢様、すごく嫌な予感がするから気をつけてください」

「それはわたしの行動が？」

「それならばいつものことだからいいんですが……」

さりげなく失礼である。いつもより歯切れの悪い話し方をするライディにもサンディル様と同様に脳天チョップをお見舞いしたが、期待したような反応がない。何だか悪いことをしたような気持ちになって、そろそろと手を引っ込める。

「身軽な格好をしていってください。さすがに王族への訪問では武器を持っていけませんが」

「わかったわ」

身軽といえばこれですよ、白い耳付きローブ。素早さが約二倍になる優れもの。

お茶を飲み干したあと、わたしは乗馬用のズボンとシャツを身に付けて、その上にこの前のデートでレンドール様に買ってもらったローブを羽織った。

「じゃあ、行きましょう」

そして現在、わたしはレンドール王子の暮らす建物の壁にクモのように貼り付いている。最初はちゃんと玄関から行こうとしたのだ。けれど、王子の従者が「本日は殿下のご気分が優れないのでご遠慮ください」と言って通してくれなかった。まだリリアーナ様の悪しき影響下にあって、わたしと会わせないようにという彼女の思惑通りになっているのかもしれない。

今日よりも明日の方が状況が好転するとは思えない。だから、レンドール王子をお助けするためには、どうしても会っておきたかった。そこで、こういうことが得意なライディに相談して、二階にあるレンドール王子の部屋のベランダから忍び込むことにしたのだ。

今は国の状態が落ち着いているため、レンドール王子の身に特別な危険は迫っていないとして、寮の建物の外には警備の者は配置されていない。だいたいこの学園自体が不審者が入り込めないように結界で護られているし、外部の人間の出入りもチェックされているから安全なのだ。

身軽なライディが先に壁を伝ってベランダに登り、彼が落とした細いロープを命綱代わりに腰に結びつける。「忍者か！」と突っ込みを入れたくなるほどの手際のよさだ。

ライディって何者なのかしら？

単なる従者にしては、いろいろと謎が多いのよね。

彼が登る時に使った手がかりや足がかりをしっかりと記憶しておいたわたしは、ライディに比べるとスピードこそゆっくりだけれど、確実に二階へと登っていく。

運動能力には自信がないものの、わたしも基本的な自衛方法や剣の扱い、そしてボルダリングの真似事もできるくらいの訓練を、小さな時からこつこつと積み重ねてきているのだ。教えたのはもちろん、ライディである。貴族の令嬢だからといって、毎日刺繍やレース編みをして、お茶を飲んで殿方の噂をしながら、アハハウフフと笑いさざめいて暮らしているわけではない。辺境を護る令嬢などは、男勝りにも剣を持って魔物の群れに突っ込み、今晩のおかずを狩ってくるくらいのたくましさがあるそうな。

命綱のお世話になることもなく、無事にレンドール王子の部屋にたどり着いたわたしは、窓から中を覗き込んだ。王子は椅子に腰をかけて、額に手を当てて動かない。なにか考え事をしているのだろうか。それとも、意識がはっきりしないのだろうか。気分が優れないと断られたけれど、ベッドに横になっていないところを見ると、病気というわけでもなさそうだ。

「どうしますか、お嬢様？」

ライディに尋ねられたけれど、ここまで来たら中に入らないわけがないでしょう。

「窓には鍵がかかっているわよね。ノックしてみるわ。鍵を開けて部屋に入り込んだら、びっくりされてしまうもの。人を呼ばれたら困るしね。わたしがノックして手を振ってみる。窓の外にいるなら、いきなり警備の者を呼んだりしないと思うから」

「わかりました。いざとなったらお嬢様を抱えて何食わぬ顔で撤収する自信がありますので、どうぞお好きになさってください」

自信満々のちょっと黒い笑顔でライディがウインクして見せた。

きゃあ、ライディったらイケメン！

こういう時には頼りになる男ね、普段は失礼だけど許してあげるわ。

わたしは窓をこんこんとノックした。レンドール王子はやっぱり少しぼんやりしているみたいで、なかなかわたしに気づいてくれなかったけど、しつこくしつこくノックして合図をしたら、ようやく窓に近づいてきてくれた。心配したように人を呼ぶこともなく、鍵を開けてくれる。

「ミレーヌ、いったいどうしてこんなところから」

「夜分遅く申し訳ございませんわ、お部屋に失礼いたします。あ、おもてなしは結構ですわよ、こっそりお話しさせていただきたいので」

はいはい失礼いたします、とライディとふたりで部屋に入り込む。

「レンドール様、お顔に覇気がありませんわよ？　ご自分でもわかっていらっしゃいます？」

「ああ、何だか……最近は妙に頭がぼんやりすることがあって。お前に会うのは久しぶりだな」

「なにをおっしゃるの、今日の昼間に学園で会ったではありませんか」

「そうだったか？」

嫌だわ、記憶が混乱しているのかしら。

「レンドール様、しっかりしてくださいませ。そうだわ、脳を活性化するには指先を動かすとよいのです。なにか指先を動かすことをいたしましょう。そして、少し頭がはっきりしましたら、大事なお話をいたしましょう。ええと……」

なにか指を動かすもの……プラスチックのぷちぷちとかいいのだけれど、そんなものはこの世界にはないし……折り紙、もやらないし。うーん。王子が楽しく指を動かすには。

「そうだわ、レンドール様はこのローブの耳がお気に入りでしたわよね」

わたしは頭を突き出し、王子の両手を持ってフードに付いた白い丸い耳に導いた。

「この耳を揉んでくださいませ。指全体を使って」

「お前の耳を？」

「手触りがよろしいのでしょう？　どうぞ、ご遠慮なくもみもみと」

「……」

レンドール王子は言われた通りに耳を揉み始めた。頭の上でもしょもしょと音がしてこそばゆい。

「いかがですか？」

王子の青い瞳に光が戻ってきた。彼は思わずうっとりしてしまうような笑みを見せて、わたしに言った。

「お前は耳を付けると一段と可愛さが増すな」

「いっ、いえ、そうではなくてですね」

突然甘ったるいことを言われて少々うろたえていると、耳を揉んで調子が戻ってきたらしい王子に、抱き寄せられてしまった。ライディがわざとらしく咳払《せきばら》いをすると、ちらっとそちらを見て、あてつけるように抱いた腕に力を込めた。

「そんなに睨まなくても、不埒な真似はしないぞ、従者」

「それは失礼いたしました」

ライディが慇懃《いんぎん》に頭を下げた。

すごいわこの耳。あっという間に王子の様子が変わったわ。いつものレンドール王子になっている。やっぱり指を動かすのって効くのね。

「それで、話とは何だ？」

「あの……近いですわ」

おでことおでこをくっつけるようにして目を覗き込むので、わたしの顔はかっかと火照ってきた。

やめてー、ライディが見てるのよ。

「最近ミレーヌが不足しているようなのだ」

「それはわたくしも、レンドール王子が足りないなとは思っておりましたけれど……」

だからね、ギャラリーがいるんだからね、ちょっと離れようよ。

「申し訳ありませんが、いちゃついている場合ではありません。とっとと本題に入ってもらえませんかね」

ほーら、ライディに怒られちゃったじゃん！

まあ、冗談はともかく、今は話し合っておかなければならないことがある。

「殿下、リリアーナ様のことですけど」

「リリアーナ……」

レンドール様が妙な顔をした。

「そうだな、最近リリアーナがやたらと俺に近寄ってきて……ううん、何だかよく思い出せない」

「リリアーナ様は、レンドール様になにか食べさせたり飲ませたり、そういうことはされていませんか？」

「いや、ないな。基本的に、俺は他人から貰ったものをそのまま口にはしない」

毒を盛られることを防ぐのであれば、王族として当然のことである。わたしがクッキーを焼いた時も、材料は王宮から取り寄せ、ちゃんとライディに毒味をさせている。まあ、手で食べさせてしまったことがレンドール王子の逆鱗に触れてしまったけれどね。

「今日リリアーナ様はわたくしに、レンドール様にわたしとの婚約を解消する意思があるようなことをおっしゃっていましたけれど、覚えていらっしゃいますか？」

「俺がお前と婚約解消？　いや、有り得ないな。部外者がそんなことを軽々しく口にするなど、許されないことだが……リリアーナが言ったのか？　俺の目の前で？」

「そうですわ」

「……まったく記憶がない。いったい俺はどうしたんだ」

「まったく？　全然覚えていらっしゃいませんの？」

「ああ」

レンドール様は額に手を当てて考え込んだ。王子が記憶を失うなんて大変な事態だ。

「レンドール様、お願いがございます」

「何だ？」

「お嬢様、誰か来ますよ」

不意にライディが言ったので、部屋にこっそり忍び込んだ立場であるわたしたちは顔を見合わせ、隣の部屋へと隠れさせてもらった。やがてドアをノックする音がした。

「殿下、よろしいでしょうか」

「入れ」

ドアが開く音がした。侍従が来たようだ。

「リリアーナ・ヴィレット様が殿下にお目通り願いたいと、玄関にいらっしゃっています」

「リリアーナが？」

ダメダメ、今彼女を近づけちゃダメよ！

わたしはドアの陰から両腕でばってんをして王子に合図をした。それをちろっと横目で見た王子は従者に言った。

「今日は気分が優れないから断ってくれ」

「それが、殿下は絶対に自分に会うはずだと、言い張っていらっしゃって……」

「いや、会わない。絶対に中には入れるな。引き取ってもらえ」

「わかりました」

よかったー。

ドアが閉まって侍従が去ってから、わたしたちは姿を現した。

「リリアーナ様が今夜なにかを企んでいたのは、間違いありませんわね。……ライディ」

「はい」

「リリアーナ様を尾行することはできる？　絶対に気づかれないようにして、なにか怪しい振る舞いはないかを探ってほしいの」

「わかりました」

そう言うと、ライディは窓から外に出て、姿を消した。

「というわけで、ライディが戻るまで、しばらくお邪魔していてもよろしいでしょうか」

「ああ、もちろん構わんぞ。何なら隣の部屋で休んでいくか？」

「……わたくし、レンドール様のことは信じておりますわ。ですが……」

こんな夜更けにふたりっきりで、寝室で休むのはどうかと思うの。隣、ベッドが置いてあったもの！

「そうだな、ついうっかりふたりで寝てしまったら大変だからな」

いやいや、違うことを考えていますよね。ちょっと笑顔が『爽やか』よりも『いやらしい』寄りになっていますよ。

「こっちのソファで待つとしようか。来い、ミレーヌ」

王子がソファに座り、なぜかわたしは彼の膝に乗せられた。

「こうすると、小動物を飼っているようでなかなかいいものだ。頭をはっきりさせたいから、また耳を揉ませてもらうぞ」

王子はわたしを横抱きにして、時々頭を撫でながらフードの耳をもみもみした。

「楽しいですか？」

「ああ、とても楽しい」

わたしは王子の優しい笑顔を見つめながら、こんな時だというのに何だかとても満たされた気持ちになって、頭を彼の胸にもたせかけた。


「ところで、俺になにかお願いがあるとか言っていたな。何だ？」

わたしを膝に乗せてフードの耳を揉みながら、レンドール様が言った。

何だか縁側で猫を膝に乗せてひなたぼっこしているおじいちゃんみたいに和んでいる、と言ったら失礼かしら。学園で見せているパーフェクト王子なキリッとした姿も好きだけど、こういう柔らかい笑顔も好きだな、と思う。

「もしかして、口づけでもしてほしいのか？」

「いえ、違いますわ」

それはそれで欲しいけれどね！

断ったのに、わたしの内心がだだ漏れしていたのか、レンドール王子は唇を寄せて額にちゅっとしてくれた。

ううう、かなり嬉しい。顔がにやけてしまう。

おそらく相当だらしない顔をしているはずのわたしの頰を、レンドール王子の指が優しく撫でた。

甘い甘い微笑みを浮かべて。

「これで我慢してくれ。ふたりきりでいて、これ以上すると暴走を抑える自信がない」

はっ、そうだわ、情熱に流されないようにしないといけないのだったわ！

うろたえたわたしが視線をさまよわせながら「ありがとうございます」と言うと、王子はくすっと笑った。

「ええと、お願いというのはですね、明日は絶対にリリアーナ様に近づかないでいただきたいのです。できたら授業もお休みしていただけませんか？」

「……そこまで危険な事態なのか」

レンドール王子は眉をひそめて言った。

「はい。レンドール様は体験しているのだからおわかりでしょう？　リリアーナ様が何らかの方法で、レンドール様の精神状態や記憶を操っているのは間違いないと思われますが、証拠がないのです。そして、これ以上リリアーナ様に接触すると、レンドール様の意思が完全に封じられてしまう恐れがあります」

「そうだな。場合によっては彼女を拘束して尋問する必要があるな。学生相手にそのようなことをしたくはないのだが」

「レンドール様、もう少し厳しくお考えにならなくては。何なら今すぐ捕まえてしまってもいいくらいだと思いますわ。仮にも王族に対して精神を操るなどという怪しい技を使うことは、重罪ですもの……それにしても、そのくらいのことはリリアーナ様もご存知でしょうに、なぜこのようなことをなさったのかしら」

そこが不思議なのよね。バレないとでも思ったのかしら？

もしかして、たとえバレても何とかできる自信があるとか？

「それに、わたくしは正直リリアーナ様が怖いのです。何だか魔女みたいで」

「魔女？　俺に魔法をかけているというのか？」

「それならば、先生が気づくと思うのです。専門家である先生が気づかないほどの魔法をかけられるのは、それこそ王宮魔導師レベルの腕がないと難しいでしょう。でも、リリアーナ様にはそこまでの実力はありませんもの」

「……あれがリリアーナではないとしたら」

「え？」

「いや、それは思い過ごしか。キャンプに行った森に魔女伝説があったからな、つい魔女とリリアーナがすり替わったのかもなどと考えてしまった」

「ああ、魔女という話はそこで聞いたんですわ！」

気になっていたのよね。

メイリィに、先輩からの情報として聞いたんだったわ。

魔物の森をさまよう魔女の昔話。闇に組して人間に害をなす魔女が、森の中のどこかに光の魔法使いの手によって封印されているという。よくある話だからさらっと流してしまったけれど、火のないところに煙は立たないのだから、もしもその噂が本当で、封印が解けた魔女とリリアーナ様がキャンプ中に接触していたとしたら？　単なる思い過ごしかもしれないけれど、でも……有り得る。

その時、バルコニーに面した窓が開き、ライディが飛び込んできた。リリアーナ様の尾行から戻ってきたのだろうけれど、何だかいつもと様子が違う。彼は基本的に冷静沈着な人物なんだけど、今はかなり慌てた顔をしていて、らしくない。

わたしはレンドール王子の膝から飛び下りて、なにがあったのか聞こうとした。

「お嬢様、あれはやばいぜ、あの女真っ黒だ！」

「何ですって？」

ライディの口調が珍しく乱れている。余程のことがあったのだろう。

「あの女は学園の外れの結界の端っこまで行き、なにか呪文を唱えた。そうしたら、あの女の影が伸びて結界を突き破って進んでいった」

「待ってライディ、それはもしかして」

「魔物の棲《す》む森の方角だ。あいつはなにか妙なものをここに呼び込むつもりだぞ。そして、リリアーナはまたこっちに戻ってきている。おそらく殿下を狙っているぞ」

レンドール王子は立ち上がり、廊下に出て侍従を呼ぶとなにやら命令をしてから、隣の部屋に行った。

「おい従者、今剣を持っているか？」

戻ってきた王子は、厳しい声でライディに言った。

「ありません」

「これを使え」

素早く防具を装備したレンドール殿下は、ライディに一振りの剣を手渡した。自分も腰に剣を装備している。

「お前はリリアーナからミレーヌを護れ」

階下から騒ぎが聞こえる。

「そこをお退《ど》き。わたくしはレンドール殿下に会いに来たのよ」

「帰れ！　殿下は会わないとおっしゃっている！」

「このわたくしがお退きと言っているのよ」

リリアーナ様だわ！

大変、あの人に近寄られると、またレンドール王子がおかしくなっちゃうわ。

「レンドール様」

「大丈夫だ」

彼はわたしに指を見せた。そこにはいつの間にか輝く金色の指輪がはまっている。

「魔除けの光の指輪だ。これでリリアーナは魔力で俺を操ることはできないだろう」

さすが王子様、効果絶大のお高い防具を持っていらっしゃるのね。

と、誰かが階段を上ってくる音がして、ノックもなしに扉が開いた。

「……あら、余計な人たちまでいるのね」

妖艶な美女が現れ、赤い唇を歪めた。リリアーナ様なのにリリアーナ様とは違った雰囲気の女性になっている。わたしは胸を張って、得意の上から目線で言った。

「余計なのはあなたの方でございましょう？　わたくしはレンドール様の正式な婚約者なのですからここにいて当然ですわ。ところで、改めてお聞きしたいのですが、あなたはどなたですの？」

「どなたって、わたくしはリリアーナ・ヴィレットですわ」

「違いますわね。姿はリリアーナ様ですけど、あなたの魂は違っておいででしょう？」

リリアーナ様は口元に手を当てて、ほほほと笑った。

「ミレーヌ様ったら、なにを馬鹿なことをおっしゃっているのかしら。殿下に婚約を解消されて血迷ってらっしゃるみたいね」

「俺はミレーヌとの婚約を解消などしていないが」

「いいえ、解消なさるのです、今すぐに。さあ、ミレーヌ様におっしゃってくださいませ、この場で婚約を解消なさると……殿下？」

リリアーナ様の姿のなにかは、そう言って自信満々に王子に笑いかけたが、レンドール王子は彼女を睨みつけるばかりで思うような反応がなかったためか、いぶかしげな表情をした。

「殿下！　早くミレーヌ様との婚約を解消してくださいませ。そしてわたくしと新たに婚約を！」

「そのつもりはない」

「……おかしいわ、お前はなぜわたしの言葉に抵抗できるの？」

「残念だったな、俺にはもうお前の技は効かない」

レンドール王子の姿を舐めるように見ていたリリアーナ様は、その手に目を留めると顔を歪めた。

「それは、光の指輪。さてはミレーヌ・イェルバン、殿下に余計なことを吹き込んでくれたわね。本当に邪魔な女」

リリアーナ様がわたしに近寄ろうとしたが、剣を構えたライディが間に入った。レンドール王子も剣を構えて言った。

「さあ答えろ、お前は何者だ？　こちらに従わないのならば、手荒な対処をさせてもらうが。お前は魔女なのか？」

リリアーナ様は含み笑いをした。

「この身体を斬ったところで、愚かな小娘がひとり死ぬだけよ。わたしはこれっぽっちも困らない。そうね、わたしを闇の魔女と呼んだ者もいたわねえ。随分と永《なが》いこと封じ込められていたけれど、ようやく風化した封印を破って出てこられたわ。心の闇を探していたらちょうどこの小娘が来たから、身体に忍び込んで望みを叶えてやろうとしたんだけど、失敗したようね。レンドール王子、お前を操って、この国を貰って遊ぼうと思っていたのに」

リリアーナ様、いや魔女は高笑いをした。

「もういいわ、面倒だから力尽くでこの国を乗っ取ってやるわ！」

リリアーナ様の影が大きく膨らんだかと思うと、黒くうねる塊《かたまり》となって窓から飛び出していった。

リリアーナ様の身体がその場に崩れ落ちる。

「魔女が抜け出たか」

剣をしまいながら、レンドール王子が言った。その時、辺りに学園長の声が響き渡った。

『緊急連絡、緊急連絡。魔物の群れがこの学園に向かって攻めてきています。戦える者は速やかに戦闘準備をしなさい』


廊下に出ると、レンドール王子の侍従や護衛たちが倒れていた。怪我をしている様子はなく、揺さぶるとすぐに目を覚ましたので、魔女に何らかの精神攻撃を受けたのだろう。

「リリアーナが魔女に取り憑《つ》かれ、魔物の群れを呼び込んだ。お前たちも戦いの準備をしろ」

魔物の森に近い方へ行くと、先生たちも戦闘態勢になっていた。

「結界が一部破損している。魔物は結界の外で迎え撃つぞ」

「能力上昇魔法の使える者はこっちへ来てくれ」

「回復魔法の使い手はこっちだ」

先生の指示に従って、三年生が中心となって戦闘配置につく。日頃の授業で魔物との戦い方や兵法についても習っているから、先輩たちは平然としているが、わたしたち一年生はその後をおろおろとついて回る。

「戦闘手段のないものはこっちへ避難しろ」

はい、役に立たないわたしはその声に従って移動しますよ、無念！

レンドール王子は大丈夫だろうか？

ふと立ち止まって振り返った瞬間、背後に誰かが立った。

「んんっ！」

口を塞がれ、喉を絞められる。わたしは絡みつく腕に爪を立てたけれど、そのままものすごい力で後ろにずるずると引きずられた。

「ミレーヌ、あなたのことは許さないわよ」

リリアーナ様の声がする。

「な、何で？　魔女はリリアーナ様から抜け出たのではないの？」

わたしは口を塞いでいた手を引きはがして言った。

「うふふふ、だぁまさぁれたぁ。わたくしはまだ殿下を諦めてはいなくてよ」

魔女に取り憑かれているリリアーナ様は、わたしを軽々と肩に担いで疾走する。リリアーナ様の身体の周りには黒い風が取り巻いていて、足は宙を駆けている。わたしには逃げ出す術《すべ》がない。

わたしはそのまま結界を越えて魔物の棲む森へと連れていかれたのだった。

魔物の群れは思ったより近くまで来ていた。空を飛ぶもの、地を這うもの、ありとあらゆる異形のモノたちが集まってくる。

先輩やクラスメイトたちが剣を持って戦っている中を縫うように、わたしを担いだ魔女は走り抜けていくが、彼女がこの騒ぎの黒幕だと知らない彼らは、リリアーナ様の姿を見ていぶかしげな顔をするだけだった。

貴族の子女として高度な訓練を受けてきて、そこそこの実践経験も授業内で積んできた学園の生徒たちだが、これほど本格的な戦いをするのはもちろん初めてだ。先陣を切っているのは、剣技の先生や護衛の騎士たち、レンドール王子、サンディル・オーケンスをはじめとする腕利きの先輩たちだ。ライディもいて、淡々と魔物を斬り裂いていく。

「お嬢様！」

彼はわたしを見て叫んだが、リリアーナ様に取り憑いた魔女の合図で、魔物たちが彼に集中して襲い掛かり、団子状にされてしまった。

皆は確かな実力で次々と魔物を屠《ほふ》っていくが、なにしろ数が多いのできりがない。後方に回復役たちが待機して、魔法をかけて彼らの負った傷を治している。ここではメイリィが活躍しているようだ。

「ミレーヌ！」

レンドール王子の声がしたけれど、わたしは魔女の揺れる肩の上なので、舌を噛まないように口を引き結んでいて返事ができない。

「待て、リリアーナ！　ミレーヌを離せ！」

レンドール王子が追いかけてくるのが見えた。危ないから隊列から離れないでほしいのに。

わたしは囮《おとり》に使われているのだ。こっちへ来るなと身振りをしても、ゆっさゆっさと揺られているため今ひとつ通じない。

わたしを担いで森のかなり奥まで来ると魔女は立ち止まり、追いかけてきた王子の方を振り向いた。魔女の足元からは形の定まらない黒いゲル状の物がぼこりぼこりと盛り上がり、やがて小さな家くらいの大きさまで巨大化した。

これが魔女の正体なのだろうか。なかなかグロい化け物である。わたしは魔女の背から下ろされ、逃げられないように髪を掴まれた。

「レンドール様、お逃げください！」

わたしは王子に向かって叫ぶ。

「お前を置いて逃げるわけがないだろう！」

「わたくしの代わりは他にもおりますが、王子の代わりはいないのですよ」

たかが婚約者のために、将来の国王を危険に晒すわけにはいかないのだ。わたしはいくらでも替えが利くのだから。

だが、レンドール王子は引く気がない。

「ミレーヌの代わりもいないぞ」

そう言ってもらえるのは嬉しいけれど、レンドール王子の身体は彼だけのものではないのだ。

「ラブロマンスの時間は終わったのです、今、成すべきことをお考えくださいませ！　ああもう、頼むから、早く逃げてっ！」

「ほほほほほ、甘いわね。さあ殿下、そんなにこの小娘を助けたいのならば、光の指輪を外して捨てなさい」

「ダメよ、そんなことをしたら意識を乗っ取られてしまうわ、そうしたらどうせわたくしも殺されてっ……」

魔女に思い切りひっぱたかれて、わたしは一瞬気が遠くなった。

「お黙り小娘。さあ殿下、早くその指輪を捨てないと、小娘の喉を引き裂くよ」

ダメよ、冷静に考えて。

指輪を捨てずに戦えば、わたしの命がなくなってもレンドール王子は助かる可能性がある。魔物を追い払って、この国を守れるかもしれない。

惑わされないで、レンドール様！

喉に魔女の爪先が食い込む。

「あああっ！」

リリアーナ様ったら、こんなに爪を伸ばさなくてもいいじゃない！　これはもはや立派な凶器だわよ！

鋭い爪はわたしの皮膚を突き破って、そこからだらだら血が流れ出てくるのがわかる。痛い。爪をぐりぐりと差し込まれるこの痛みは注射どころじゃない、注射器をシリンジごとねじ込まれるくらいの激痛だ。涙がぶわっと噴き出す。

わたしの顔は痛みをこらえ切れずに歪んでいるのだろう、レンドール王子が「やめろーっ！」と叫ぶ声が聞こえた。

「指輪は外す、だからミレーヌを離せ！」

「さっさと外しなさい、確認したらこの小娘を返してやるわ」

「や、ダメ」

外したらこの国は滅亡へ一直線よ！

誰か来て、レンドール様を止めて！

わたしは必死に祈ったけれど、助けは来なかった。

レンドール様が指輪を抜こうと手をかけた。

だから、ダメだってば！

「とりゃーっ！」

「ぐはあっ！」

わたしは魔女の意識が指輪に向かった一瞬の隙に、握った拳を顎の下から叩きつけた。

アッパーカットっていうやつね。

ここを狙うと一時的に脳震盪《のうしんとう》を起こして、相手の攻撃を封じられると習ったのだ。わたしは非力なのでたいした効果はなかったけれど、魔女の手が緩み爪が喉から抜けたので、その場でしゃがむと魔女の腕から抜けることができた。

そのままハイハイ状態でレンドール王子に向かって全速前進する。さすが魔法の防具、おかげで素早さが二倍になったわたしのハイハイは、小走りくらいのスピードである。

「『雷光烈剣《サンダーブレード》』！」

入れ替わりに、剣に雷撃の魔法を付与したレンドール王子が、リリアーナ様に取り憑いた魔女に斬りかかった。しかし、魔女はそのまま後方に身体を移動させ、家の大きさに膨らんで蠢《うごめ》いている化け物の中に取り込まれた。

「か弱く愚かな人間のくせに、このわたしに勝てるとでも思っているの？　望み通り、ふたりとも人の形を成さない肉塊に変えてくれるわ」

「ミレーヌ、隠れていろ」

わたしは木の陰に身を隠し、巨大な化け物と戦う王子を見た。

レンドール王子は強い。とても強い。雷光をまとった剣は、化け物の身体をチーズでも切るようにさくさく斬り裂いてゆく。けれども、膨大な魔力を持った化け物は、斬っても斬ってもその傷跡を治癒していく。

反対に、治癒魔法を使えない王子の身体には戦うにつれて少しずつ傷が増えて、疲れも溜まっていった。魔力も尽きてきたのか、剣の周りに輝く雷光もその量を減らしている。

「くっ！」

レンドール王子に化け物の攻撃がヒットし、地に打ち倒された。

「レンドール様！」

わたしは木の陰から飛び出し、泥まみれの王子に駆け寄って、精一杯の回復魔法をかける。

「ミレーヌ、逃げろ。ここは俺が何とかくい止める。じきに他の奴らも来てくれるはずだ」

「でも、こんなに傷ついて……」

「冷静になれ。今お前がここにいて、なにができる？　大丈夫だ、俺はまだ戦える」

戦えるですって？　こんなにぼろぼろになっているのに。

「あら、もうおしまい？　いいわ、最後のチャンスをあげる。光の指輪を外しなさい。そして、わたしのものになるのよ。そうしたら、ミレーヌの命だけは助けてあげるわ」

黒いぶよぶよした塊の中から、リリアーナ様が顔を出して言った。

「レンドール殿下、わたくしと末永く幸せに暮らしましょうね？　ふふふふ」

どうしてわたしには何の力もないの？　魔力はたっぷりと持っているのに。

わたしの魔力をレンドール様にあげられたらいいのに！

「レンドール様……」

わたしはレンドール王子の手を握り、祈りながら彼の手に口づけた。

神様お願い、この人を護る力をください！

『守護発動《アミュレット》』

頭の中にそんな声が響き、わたしの魔力が渦巻いた。

「なにこれ……今、アミュレットって聞こえたけれど、魔法が発動したの？　わたしの魔法が？」

わたしとレンドール王子の身体は淡く発光していた。

「何だこれは。身体が軽いし、魔力の量もほぼ回復している」

立ち上がったレンドール王子は、わたしと光のリボンで繋がっていた。

「『雷光烈剣《サンダーブレード》』！　おお、何だこの威力は⁉」

レンドール王子が呪文を唱えると、今度はやけに大きな雷光が剣を覆う。まるで身長よりも大きい稲光をその手に持っているようだ。

「これはいけそうだな」

にやりと笑ったレンドール王子は、タンッ、と地面を蹴ると巨大な化け物に斬りかかった。身体能力も向上しているようだ。

ものすごい音がして、黒いぶよぶよが斬られた。さっきまではバリバリのザクッ、だったのが、今度はバキバキのザシューッ、という感じだ。

あ、わからない？

とにかく、攻撃力が十倍くらいになったと思ってほしい。そして、さっきと違うのは、レンドール王子が斬り裂いた化け物の断面はじゅうじゅうと煙を上げて、もう元通りに治癒されることがなくなった点だ。

「ははっ、怖いくらいに効き目があるな」

「おのれ、生意気な小娘め！」

わたしに向かってきた黒い触手が王子の剣で切断され、煙を上げながら小さくなった。

「詰んだな、魔女。さっきのお返しをさせてもらうぞ」

きゃー、レンドール様、かっこいいです！

般若の面のような顔をしたリリアーナ様姿の魔女は、周りを囲む黒いぶよぶよをどんどん削られていく。最後に残ったのは、黒い魔核、つまり魔物の魂のようなものを抱いた魔女だった。

「それがお前の本体か。もらった！」

王子の剣が魔核に突き刺さり、ばちんと弾けて消えた。ぎゃあああああ、という末期の絶叫を上げた魔女は、今度こそリリアーナ様の身体から消え去ったようだ。

「さあ、皆のところに戻るぞ」

剣を地面に突き刺して、雷撃を逃してから鞘《さや》に収めたレンドール王子は、倒れていたリリアーナ様をさっきわたしがされたように担ぐと、わたしの手を引いて学園の方に向かった。

リリアーナ様を抱えたレンドール様とわたしは、まだ光に包まれながら、魔物の群れと戦う学園生たちのところに戻った。レンドール様は回復役たちの後ろの方に、リリアーナ様をどさりと放り出した。

「しばらく転がしておいてくれ」

何気に冷たい。

まあ、その爪にはわたしの血がべっとりとついてるんだもんね、わたしも親切な気持ちにはなれないわ。

王子はそのまま戦いの場に走っていった。剣を抜くと雷光をまとわせて、そのままざっくざっくと容赦なく魔物を斬り裂いていく。

「レンドール殿下！　何という剣技だ！」

「あの魔法、すごくないか？　いつもの殿下とは全然違うぞ」

光輝く王子の姿に皆が驚き、そしてその強さにさらに驚く。

ああ、容赦なく魔物を斬り捨てる冷血ブラックな感じのレンドール様も素敵！　感情を見せない氷のような青い瞳に背中がぞくぞくするの。

わたしのハートも愛の一撃で斬り裂かれたわ。

なーんて、レンドール王子に見惚れている暇は残念ながらないので、まだ出血をしている首を押さえながらメイリィを探す。彼女は疲れた様子で回復魔法を使っていた。

「大丈夫、メイリィ？」

わたしが近寄ると、ふらふらしながら何とか立っていた彼女は力無く笑った。

「ミレーヌ様こそ、怪我をしちゃったの？　すぐに治すわね。ふふっ、血まみれのミレーヌ様に心配されるとはね、情けないわ」

小さく呪文を唱えて、わたしの傷を治してくれる。

「メイリィ、ふらふらよ。魔力が足りないのね」

彼女はいつもの元気もなく、弱々しく笑った。

「魔物の数が半端じゃないから、回復にもきりがないの。本当は光魔法を使ってアンデッドの魔物を消しちゃいたいんだけど、魔力をそっちに使っている余裕がないのよ。さすがのわたしもきつくなってきたわ。目も疲れているのかしら、何だかミレーヌ様が光って見えるわ」

「それは疲れじゃなくてよ！　メイリィ、わたくしに魔法が使えたの。『守護《アミュレット》』っていうんだけど、調べていた時に言ってたものなのかしら？　わかる？」

「アミュレット？　ミレーヌ様が？」

それまで疲れでぼんやりしていたメイリィが、大きな声を出した。

「ちょっと……それって伝説級のレアな魔法よ。かけた相手に魔力を譲渡するから、受け手は魔法効率も身体能力も倍増するんだけど、かける方は負担が大きくて発動した途端に寝込むくらいのダメージを……受けてない！　ええっ、何で⁉　ミレーヌ様の場合はほんの少しの魔力しか消費してないわ！　驚いたわ、上から目線の高飛車お嬢様だからなの⁉」

「それは関係ないわ。つまりわたくしは、器《うつわ》の大きい大人物なんでしょう」

「いたっ、大人物はデコピンなんてしないわよ」

メイリィは額を押さえ、涙目になって言った。

「ミレーヌ様、これなら何人にでもかけられるわよ。ほら、なにをしてるの、今すぐわたしにかけてよ！」

　緊急事態のせいなのか、素の性格のせいなのか、メイリィは遠慮がない。けれど、今の話の通りなら、回復役の彼女をすぐにでもバックアップしたい。

　わたしはレンドール王子にしたようにメイリィの手を握り、ちょっと恥ずかしいけどそこにちゅっと唇を押し当てた。

『守護発動《アミュレット》』

　メイリィの身体が光る。

「うわあ、すごいわ！」

　彼女は輝く身体を見ながら軽やかにくるくると回った。

「すっごい、自分の身体じゃないみたい！　みなぎってきちゃう！」

「メイリィ、喜んでないでさっさとレンドール様を回復してちょうだい！　ずっと戦いっぱなしでボロボロなのよ」

「わかったわ！　聖なる癒しの光よ、愛の恵みを我が友に、『癒やしの聖光《スーパーヒール》』！」

「うわっ！」

　わたしは淑女らしからぬ声を出し、思わずのけ反った。

　打ち上げ花火かい！

　そう突っ込みたくなるような派手に輝く光の塊がメイリィの身体から空へと打ち上がり、一気に弾けて戦っているみんなの身体に降り注いだ。その癒しの力におおっ、とどよめきが起こる。先生も学園生も護衛の皆さんも、メイリィの癒しの光を受けて傷が癒えていく。

「すごいわよミレーヌ様、多分今の一発で全員体力満タンになったわ。じゃあわたし、アンデッドを光魔法で浄化しまくってくるわ！」

身体を輝かせて元気に駆けていきながら、前衛の先輩たちに「順番にミレーヌ様の守護魔法をかけてもらってください、戦闘力がアップしますから！」なんて声をかけている。最初に飛んできたのはサンディル様だ。

「レンドールが馬鹿げた強さになったのは、お前のせいか！　さっさと俺にもその守護魔法とやらをかけろ！」

「態度が悪いわ！」

飛び上がってチョップ！

「なにすんだよつんつん女！　さっさとかけろ！　ください！」

「それが丁寧のつもりですの？　だとしたら、芯からアホでしたのね、サンディル様は」

わたしはぶつぶつ文句を言いながら、サンディル様の手を握り、不本意だけど唇を寄せた。

「おっ？」

『守護《アミュレット》発動』

「どうなさいましたの？」

「あ、いや……これは」

輝くリボンでわたしと結ばれた光るサンディル様は、手の甲を見ながら頭をかいた。

「あまり男相手にしない方がいいんじゃないか？」

「これが発動方法ですのよ！」

サンディル・オーケンスの言葉に、顔を火照らせて叫ぶ。

わたしだって、ちゅーしたくてしているわけではないのよ。

サンディル様が余計なことを言うから、恥ずかしくなってきてしまった。

やだもう！

っていうか、何でサンディル様相手に照れてもじもじしなくちゃならないのよー、確かにイケメンだけど！

「いやまあ、ありがとうな。じゃ、行ってくるわ！」

わたしにつられたのかほんのり赤い顔をしたサンディル様が、なぜかわたしの頭をぽんぽんと撫でてから戦闘に戻ると、今度はケイン様がやってきた。隣の国の王子様は、泥や魔物の血で汚れているにもかかわらず、むしろそれがアクセントとなってぞっとするくらいに美しい。

「可愛いミレーヌの口づけが貰えるの？　嬉しいな」

いやいやいや、それは手段であって目的ではありませんから！

「大丈夫？　怖い目に遭ったの？　かわいそうに」

人外と言っていいほどの美貌が目の前にアップになる。

「いえあの、レンドール様に助けていただきましたので大丈夫ですわ、ご心配くださってありがとうございます」

戦闘装備のケイン様は意外にがっしりとした男性らしい身体つきをしているので、手を取られたりするとドキドキしてしまう。

これは決して浮気ではないのよ。

ただ、イケメンすぎるケイン様が罪なの。

「ミレーヌ、さあ僕に君の守護をちょうだい。君を守って戦うから」

手を引き寄せ、ケイン様がわたしの耳元で低く囁いた。

きゃー、耳が死ぬー！

「ケイン、離れろ！　それは俺のものだって何回言えばわかるんだ！」

遠くでレンドール王子が怒っている。

稲光が飛んでくる前に何とか終わらせよう。

ちゅっと口づけする。

『守護発動《アミュレット》』

「ありがとう、ミレーヌ」

ケイン様は、わたしの指先にちゅっとお返しのキスを落としてにっこり笑うと、魔物の群れに戻り、踊るような優美な剣捌きで次々と敵を斬り裂いていった。

「……これって、もしかして全員にやらなくてはダメなのかしら」

妙に明るい笑顔で前衛の皆さんが列を作っているのを見て、わたしは涙目になる。

確かにね、勇者に褒美のキスを与えるのは貴族の姫として名誉ある役目なのだけど、学園全部の人たちにちゅーするのは恥ずかしいのよー。

「ミレーヌ様、どう？」

晴れ晴れとしたメイリィがやってきた。

「あら、アンデッドはどうなさったの？」

「片っ端から気持ちよく消し去ってきたわ！　うふふ、癖になりそう」

可愛い顔をして怖いですねー。

「ところで、アミュレットは進んでいるの？　もうみんなにかけたの？」

「いいえ、まだ数人で……」

メイリィはお待ちの皆さんを見た。

「ちゃちゃっとかけてしまえばいいのに！」

「だって……手とはいえ、口づけなければならないから……」

わたしが小さな声で言うと、メイリィはぽかんと口を開けた。

「呪文を詠唱すればいいじゃない。手を触れて、『アミュレット』って唱えれば発動するはずよ。あ、ミリナ、ちょっとこっちへ来て。彼女も回復系なの。試しにかけてみて」

わたしは女の子の手を取った。

「ええと、『アミュレット』」

『守護発動《アミュレット》』

やあん、ちゃんとかかるじゃない！

「あら、ちゅーなしでかかったわ」

「ほらね、ミレーヌ様のおっちょこちょい！　無詠唱なんて高度なことをやらなければ、口づけはいらないのよ」

うわーん、さっきの恥ずかしい思いは無駄だったわけですね！

そして並んでる皆さん、「あー……」とか言ってがっかりしているように見えるのは、気のせいですか？

「ほら、どんどんアミュレットをかけて」

「ええ」

ちゅーしなければあっという間にかけられるので、わたしは流れ作業のように皆に魔法をかける。

回復魔法も充分に受け、魔法効果も身体能力も上昇した疲れを知らない戦闘員は次々と魔物たちを始末していく。学園を呑み込むかと思えるほどの魔物の群れは呆気《あっけ》なく無力な屍《しかばね》の山となり、光魔法の使い手たちは余った力で魔物のなれの果てを浄化して無害な魔石に変えて拾い集めていった。

わたしの身体からはひとりひとりに繋がる光のリボンが出ていて、なにかに似ているなと思っていたら、鵜飼《うか》いの姿にそっくりだった。

「見てくださいミレーヌ様、こんなに大きな魔石が取れました！」

可愛い鵜、じゃなくて学生が、嬉しそうに魔石を届けてくる。

「まあ本当、立派な魔石ね」

「もっと探してきます」

いそいそと戻っていった学生を「愛《う》いやつめ」と鷹揚《おうよう》に微笑んで見つめていたら、メイリィに感心したように声をかけられた。

「何でミレーヌ様にアミュレットなのかしらって思ったんだけど、そうやって自分はなにも手を下さず上から目線で皆を働かせる立ち位置が、とってもミレーヌ様らしいのよね」

ちょっとメイリィ、あなたわたしをディスってるわよね！

真実を突かれている気はするけど。

「じゃ、下々の者はもう少しがんばってくるわねー」

「いってらっしゃいませー」

わたしはメイリィにひらひらと手を振ってあげた。


「皆さま、お疲れ様でした」

戦いが終わり、わたしのもとに集まってきた人々にねぎらいの声をかけてから手を上げ、「アミュレット、解除」と唱えた。皆の身体を包んでいた光が消え、辺りは暗闇となったので、何人かの者が魔法で明かりを出した。

「皆さまの働きで、魔物を倒し、この国を守ることができました。もうじき夜明けですわ。今日は安心してゆっくりと休みましょう」

「ミレーヌさんの言う通りです。力を合わせて、本当によくがんばりました。わたくしは皆さんのことを誇りに思いますよ。さあ、学園生は解散して、各自しっかりと身体を休めてください。教職員は後始末がありますので、こちらへ」

学園長の声でわらわらとみんなが動き出した中で、わたしは名前を呼ばれた。

「ミレーヌ！」

その瞬間、汗の匂いがするたくましい身体に抱きすくめられる。

「レンドール様……」

「ミレーヌ、大活躍だったな」

「そんな、わたくしはなにもしておりません。レンドール様こそ、たいそう凛々しかったですわ」

どさくさに紛れて、わたしはレンドール王子の身体にギュッと抱きついた。

「とっても素敵でした。守ってくださってありがとうございました」

「お前がいてくれるから、強くなれるのだ」

レンドール王子は大きな手でわたしの頬を優しく撫でた。

「それはともかく。ミレーヌ、何人に口づけた？」

「へっ？」

「俺以外の男に口づけるとは許しがたい」

「いえでも、あれは緊急事態だし、手に口づけただけだし」

「駄目だ、消毒しなければ気が済まん」

「んーっ！」

後頭部を摑まれるようにして、レンドール王子に口づけられる。

こんな衆人環視の中でまずいでしょう！

しかも、何度も角度を変えて、舌でぺろぺろしているし！

「いよっ、お熱いな」

「ひゅーひゅー」

「いいなあ……」

「爆発しろ」

だめー、ちゅーまでだけど、べろちゅーはダメなの！

先生も止めようよ！

大変な一夜は、なぜかピンクな雰囲気で締めくくられてしまったのであった。

エピローグ

魔物の群れを追い払ってから数日間は、学園はお休みになり、後片付けと事実の確認に追われた。

リリアーナ様は目を覚まして、自分が魔女に取り憑かれていたことを認め、責任をとって学園を去った。本来ならば、王子や貴族の子弟に害を成したという大罪なので、もっと大きな処分をされるところだったが、まだ未熟な学生の身分だということと、心の弱さを利用され魔女に抗《あらが》うことは困難だったとみなされ、王都から離れた土地でひっそりと暮らしながら反省してもらうことになったらしい。

国を揺るがすほどの魔物の大群が現れ、それを学生たちが一晩で追い払ったという大事件は、国中に知れ渡り、どういうわけかわたしは伝説の魔法『守護《アミュレット》』を使い、皆を勝利に導いた『聖女』として有名になってしまった。次期国王でもある麗しのレンドール王子と、その危機を救った聖女である婚約者の話は国民の皆さんにたいそう好まれ、お芝居となって上演されているほどだ。

こっ恥《ぱ》ずかしいことである。わたしなんて鵜匠《うしょう》状態でなにも役に立っていないのに。

しかも、この戦いの時わたしが白い耳付きマントを身につけていたことから、耳付きファッションが流行してしまった。ちまたでは耳の付いた帽子やフード、カチューシャと、様々な物が売り出され、レンドール王子は街に行っては嬉々《きき》としてわたしにお土産として買ってくる。

恥ずかしいので、こっそり学園長に交渉して、学園での耳の使用は禁止してしてもらった。耳を見ると王子が興奮して貞操の危機を感じると言ったら、学園長は複雑な顔をしたが二つ返事で願いを聞いてくれた。王子はがっかりしていたが、これも健全なお付き合いをするためなのだから仕方がない。

遠慮のないメイリィには、聖女ネタでだいぶ笑われてしまった。まさかの伝説魔法に興奮したメイリィはぜひとも研究させてほしいとわたしに迫り、ようやく手に入れた魔法のことを知るのもいいかもと思ったわたしは、あと二年かけてじっくりと『守護《アミュレット》』について調べることに同意した。

わたしは時々王宮を訪れて、わたしに興味を持った王宮の筆頭魔導師とも接する機会が増えた。

メイリィは、王宮で働くこのヒョロッと背が高い温和な筆頭魔導師のことが好きみたいだ。わたしが彼の話を持ち出すと、真っ赤な顔をして涙目になって反論する。この可愛い姿を見て高笑いするのが、最近のわたしの楽しみである。

そうそう、わたしとレンドール王子は、皆の前で熱烈な口づけをしてしまったことについてはお咎めもなく、学園長に一言釘を刺されるだけで済んだ。

わたしたちはその後、王子が卒業するまでは学生らしい健全なお付き合いをした。

他の学生の模範であろうと、ふたりとも努力をし、特に王子はよくがんばってくれたと思う。彼のたゆまぬ努力と、ライディやエルダをはじめとする従者一同の目配り気配りのおかげで（約一名、隙あらば道を踏み外させようとする不届き者がいたが。サンディル・オーケンス、お前だ！）わたしは無事にヴァージンロードを歩くことになった。

「ミレーヌ様、お時間になりました。殿下がお迎えにいらっしゃいます」

「わかりました」

白いドレスをまとったわたしは、従者の手を借りて椅子から立ち上がる。ドアに向かうと、それはゆっくりと開き、同じく白い礼服を身に着けたレンドール王子が現れた。

「……ミレーヌ、とても美しい」

王子のあまりのかっこよさに恥ずかしくなって俯くと、彼はわたしの顎に指をかけ、そっと上を向かせる。

「今日お前に永遠の愛を誓えることを、喜ばしく思うぞ」

胸がいっぱいになり、涙が一粒転がり落ちた。

「お前は本当に泣き虫だな」

「だって……」

わたしも、この日が来るのをずっとずっと待ちわびていたのだから。

「お嬢様、お化粧がはげてまだらな顔で神への誓いをしたくなかったら、それ以上泣くのはおやめくださいませ」

「いちゃつくのは後にしてくださいねー。どうせ夜になったらしたい放題ですから」

わたしと王子は顔を見合わせた。わたしは真っ赤になり、王子はにやりと悪い顔になる。

「エルダ、ライディ、余計なことを言うのはおやめ！　少しは主《あるじ》を祝福している姿勢を見せたらどうなの？」

「あら心外な。もちろんこの上なく祝福しておりますわ。人騒がせなお嬢様がようやく片付くのですもの」

「いやー、まさか王宮にまで俺たちが連れていかれるとは思いませんでしたよ。せっかく放浪の旅に出ようと思ったのに、まだ従者としてこき使われるなんてね」

「ふふん、主《あるじ》を主とも思わないお前たちに一泡吹かせるまでは手放さなくてよ。覚悟なさい！」

おほほほほ、と高笑いで締める。

再びドアがノックされ、迎えの者が声をかけた。

「さあミレーヌ、行くぞ」

「はい」

わたしはレンドール王子の腕にそっと手をかけた。

「殿下、お嬢様をなにとぞよろしくお願いいたします」

殊勝な声がしたので驚いて振り返ると、ライディとエルダが深々と頭を下げていた。

「お前たち……」

また涙が流れ出そうになるのをぐっとこらえる。

「大切なお嬢様なのです。どうかお幸せに」

「わかっている。必ず期待に応えてみせよう」

レンドール王子は、従者たちに頷いて見せた。

「ミレーヌを幸せにする」

「わたくしも……わたくしも、レンドール様を幸せにいたしますわ」

この一年にあったことを振り返りながら、わたしはレンドール王子と共に礼拝堂へと歩いた。まだまだ未熟なわたしだけど、こうして一歩ずつ、王子の隣で人生を歩んでいくために、そして素敵な王妃になるために、これからもがんばっていきたい。

扉が開き、わたしたちは視線を合わせてから、王国の人々が待つ礼拝堂に足を踏み入れた。

番外編　けも耳の誘惑（レンドール視点）

最近、街ではとても素晴らしい物が流行っている。それはけもの耳、略してけも耳のグッズである。

俺の婚約者であるミレーヌ・イェルバンは、黒い髪に黒い目をしたなかなかの美少女である。その瞳はくりんと丸く、ほんの少し吊り上がっていて、何となく小動物を思わせる。そして、普段は上から目線の高飛車なご令嬢である彼女は、俺がからかうとあたふたして挙動不審になり、丸い目をキョトンと見開いたり、ふにゃりとした情けない顔になったりして、思わずつついていじめたくなるくらいにとびきり可愛くなる。十六になった今でさえこの可愛さだ、幼女の頃はいたずらを仕掛けて泣かせると、それはもうたまらなく可愛かった。

俺がS属性のいじめっ子かどうかというのはこの際置いておくが、そんなミレーヌにけも耳をつけると、その小動物っぽさが破壊的に増すことがわかったのだ。

俺の防具を買うのに付き合わせてその店に連れていった時、俺は授業で使用する手甲を選ぶためにしばらくミレーヌから目を離した。ふと愛らしい声で名前を呼ばれ、顔を上げた俺が見たのは、白くてふわふわした丸い耳をつけて、ちょっと得意げに笑っている小動物だった。

「……」

手に持った防具を取り落としそうになりながら、思わず彼女を凝視する俺になにやらぴよぴよと説明していたミレーヌは、俺の反応が悪いことに焦《じ》れた様子でこちらに駆け寄ってきたのだが、その仕草はちょこちょこして素早く、本当の子リスのような動きだった。

(こ、これはまずいな)

人の目があるにもかかわらず、俺の手はミレーヌを撫でくり回したくてうずうずした。それを何とか押さえつけ、作り物の耳を揉むことでごまかす。

(まずい、非常にまずい)

この耳は危険だ。彼女にあまりにも似合いすぎる。

このまま抱きしめてぐりぐり頬擦りして唇に口づけて押し倒してその他いろいろ十八歳の男が取るべき繁殖願望にまみれた行いをしてしまいそうだっ!

ああでもしかし、このめちゃくちゃ可愛い耳つきミレーヌの姿をもっと愛《め》でていたい。丸い耳のついたふわふわした白い少女と手を繋いで歩いて、心ゆくまでイチャイチャしたい。欲望に任せて突っ走らなければそれは可能だ。

がんばれ、俺。

耐えろ、俺。

とりあえず耳を揉んで、煩悩を散らせ!

ゼールデン王国第一王子レンドールよ、千々に乱れる心を外には漏らさず、余裕の笑みを見せるのだ。

とはいうものの、こらえきれずに抱きしめて、思い切りミレーヌの匂いを嗅いでしまったがな！

「ミレーヌ、これをつけてみろ」

「……また耳ですの？」

俺が差し出した黒猫のような三角耳のついたカチューシャを見て、ミレーヌは少し思うところがあるらしく不審な顔で言った。

「これは今までの物とは違うぞ。何と、身体の柔軟性が増して素早く木に登ることもできるという魔導具なのだ！」

すっかり耳つきミレーヌの虜《とりこ》になった俺は、街で彼女に似合いそうな耳を見つけては買ってくる。俺のコレクションはもうかなりの数が集まったな。

「……木に、登るのですか？　木に登ってなにを……まさか、わたくしに隠密になれとおっしゃいますの？　このミレーヌ・イエルバンに、こそこそ隠れて人を探れと？」

彼女は不満げな顔をして言った。『ミレーヌ隠密修行』などという思いつきをどこから持ってきたのか不思議であるが、俺の婚約者が時々突拍子もないことを言い出すのには慣れている。

いやいや、わかっているだろう。俺は別に木に登ったミレーヌを見たいわけではない。まあ、木に登ったミレーヌを下から見上げて「スカートの中が見えそうだぞ」と言って真っ赤にさせたり、

「下りるのを手伝ってやろう」などと言いながら、腰の辺りに不埒な思いで手を添えてそのまま草の上に一緒に倒れて覆いかぶさったりするのは、やぶさかではないがな。

「隠密などという、少々卑怯な仕事にはもっと適した者がおりますわ。例えばライディとかね」

ちっ。

あの妙に整った顔で腕っ節も強いミレーヌの従者の名前を聞くだけで腹が立つ。

俺は一瞬顔をしかめてしまうが、すぐに彼女を安心させるような笑みを浮かべて言った。

「そうではない。俺は別に隠密を求めているわけではないから安心しろ。まあつまり、これをつけていれば、いつ木に登る必要ができても大丈夫だというだけの話だ」

「ですから、そのような事態がいつ起こるというのですか？」

「備えあれば憂いはないのだ！　さあ、いいからこれをつけろ！」

俺は強引に言い切ると、ミレーヌの頭にカチューシャをつけた。

おお、やはり、耳が似合う！　黒髪に黒い三角耳がぴったりフィットして、まるで生まれた時から耳がついているような自然さだ。

「さあ、これで……いつ木に登っても……」

「レンドール様、落ち着いて、ちょっとお待ちになって、きゃあっ」

いつの間にかハアハアと息が荒くなっていた俺は、ミレーヌを壁際に追い詰めた。周りには誰もいない。

「ミレーヌ、可愛いぞ……」

俺は壁に両手をついて彼女を囲い込むと、黒猫の化身のような婚約者のピンクの唇を狙う。

「ダメですわ、レンドール様……ん……」

ミレーヌは近づいた俺の顔を見て赤くなっていたが、俺が唇を近づけると慌てて口を閉じた。残念。

婚約者なのだから、もう少し深く口づけてもいいと思うぞ。

仕方がないので、舌の先で唇をなぞると、彼女はピクリと震えた。

「ん、どうした？　これは口づけではないぞ。ほんの少し舐めているだけだ」

そうだ、柔らかくて可愛い唇を、ぺろぺろして愛でているだけだ。何度か舌を往復させて、唇の柔らかさと可愛らしい反応を楽しむ。

「口づけはこうだからな」

俺は彼女の唇を覆うようにして唇を重ねてから、舌先でくすぐった。

「ほら、違うだろう。まだわからないか？　ではもう一度最初から」

「わ、わかりましたわ！　もう充分です！　ですから、もうおやめください」

目に涙を溜めたミレーヌが必死に俺を押しのけながら言った。

「……そんなに嫌なのか？　ミレーヌ、俺はこんなにもお前を愛しているというのに。唇でちょっとだけ触れることすら許されないのか？」

甘く耳元に囁いて息を吹きかけると、彼女は「ひゃん！」と鳴いた。ちゅ、と音を立てて、今度は耳に口づける。

「ミレーヌ、俺のことを見ろ……もう俺を好きではなくなったのか？」

「そんなことありませんわ！　好きに決まっています」

「ならいいだろう？」

「それとこれとは話が、んんっ！」

動揺したミレーヌの唇を塞ぎ、ゆっくりと味わう。

可愛い俺の黒猫。

「レンドール様、耳がからむと、ものすごく変、ですわ！」

腕の中でもがきながら、慌てた小動物が言った。

ダメだミレーヌ、まだまだ離さないぞ、こんなものでは俺の耳萌え心は満足しない。

「……ミレーヌ、このまま俺の部屋に行こうか」

「だっ、ダメです、絶対にダメぇっ！」

ひょいとミレーヌを担いでそのまま寮に向かってダッシュしようとした俺の前に、男が立ち塞がった。

「お前は！」

「殿下、そこまでです。まったく油断も隙もありませんね。お嬢様は返していただきますよ」

緑がかった銀髪に緑の瞳をしたミレーヌの従者は、いつものように俺の邪魔をした。まったくもって不敬な男である。

「……少し部屋で話すだけだ」

「肉体言語的会話はお控えください。お嬢様はまだ嫁入り前ですので」

鍛え抜かれた身体をした従者兼ボディガードは、軽々とミレーヌを取り返して「失礼」と一言添えて、そのまま彼女を手の届かないところへ連れ去ってしまった。

「……くそっ！　またいいところで持っていかれた！」

俺は拳を握りしめ、悔しい思いで呟いた。


その後、学園内での耳の着用は、学園長により禁止となってしまった。非常に残念である。こうなったら結婚してからミレーヌに着用させようと、さらに耳コレクションを充実させていく。

ああ、今から楽しみだ！

耳『だけ』を身につけたミレーヌを心ゆくまで愛でる日は近いぞ！

早く結婚しよう。そして覚悟するがいい、ミレーヌ！

番外編　失礼従者の秘密

「エルダ、今日は髪をきっちり結い上げてちょうだい」

「わかりました。お嬢様が少しでも賢そうに見える髪型にいたしますわね」

「わたくしが全然賢くなさそうな口振りで言うのはおやめ！　……まあ、目標として間違ってはいないからいいけれど……」

　わたしは鏡越しに、上目遣いでエルダを見た。そこには制服姿のわたしも映っている。

「在校生代表としておかしくないようにするのよ」

「はい」

「品良く、美しく、未来の王妃として、国王となったレンドール様の隣に立つのに相応しく見えるような髪型にするの。なにしろレンドール様ったら、卒業を前にして、より一層凜々しくたくましくなられて、おまけに光り輝く金髪がまるで後光のように美しき顔《かんばせ》を縁取り、存在自体がこの世の宝と思えるくらいのかっこよさなのだから！」

「口にビスケットを突っ込みますわよ」

「……」

恋する乙女の脳は少々お花畑化していたようだ。

この美人侍女は『やる』と言ったことは本当に実行する非常にクールな女性なので、決して舐めてはいけない。それを知っているわたしは、おとなしくすることにした。

今日はゼールデン国にある王立学園の卒業式だ。

そしてその式典で、一年生ながら成績優秀でおまけに次期王妃、かつ魔物襲撃事件で『守護の聖女』だなんてふたつ名を付けられた有名人のわたしは、在校生代表として選ばれてしまった。

というわけで、今日はステージに立って卒業生への送辞を読まなければならないのだ。

ちなみに、答辞はレンドール王子が行うのだから、本日は注目のカップルということになるが、ゼールデン国の王妃となるために様々な教育を受けているわたしには、人前で挨拶することなど何でもない。まったく緊張などしないでできる自信がある。

なのに、なぜ髪型を気にしているのかというと。

「いつもと違うわたしのかっこいい姿を見て、レンドール様に惚れ直していただかなくてはね」

「……お嬢様の恋愛体質は、傍《はた》から見てるとかなりウザいですねー。あのベタ甘殿下とお似合いっちゃお似合いですけど」

腕を組んで壁に寄りかかり、わたしの支度が終わるのを待っているライディが、かったるそうに言った。

「惚れ直すもなにも、あの王子にこれまで以上べったりされたら、さすがのお嬢様だって鬱陶しくて困るでしょうが。鎖で繋がれる前に、少し殿下の熱を冷ましてもらった方がいいんじゃないですか？　俺は知りませんよ」

「やめてよライディ、水を差さないで！　わたしたちはようやくいい感じになってきたところなんだから！　結婚前に冷められてしまったら困るわ」

そうよ、ゲームのシナリオとは違う展開になって、大好きなレンドール様と相思相愛になったんだもん。ラブラブいちゃいちゃした幸せなお付き合いをしたいわ。

後ろを振り向いてライディに抗議すると、エルダに「動かない！」と頭をぐいっと戻されてしまった。首を痛めそうになったので、今度は冷たい侍女に抗議する。

「ちょっとエルダ、もう少しわたくしに優しくできないの⁉」

「できません」

即答かよ！

思わず内心で突っ込む。

金の長い髪に鳶色の瞳の、体温が低めなんじゃないかと思うクールな美女が、淡々と言った。

「お嬢様、髪型を式典に相応しいものにするのは適切だと存じますが、レンドール王子殿下にこれ以上気に入られようとするのは本当におやめになった方がいいかと」

「え？　どうして？」

エルダに問いかけると、代わりにライディが「アレもまたお嬢様とは違うタイプのウザい男だから」と答えたので、「お前、一国の王子に向かって何て失礼な口をきくの！」と叱りつけたら、再びエルダに「動かない！」と頭を戻されてしまった。

「エルダ、式典の前だというのにわたくしの首が曲がったらどうするの！」

「手加減してますから」

「……」

この侍女は肝が据わりすぎていて、時々氷の妖精か雪の女王じゃないかと思うわ。

「お嬢様、本日は卒業式ですわね」

「……そうよ？」

エルダが突然当たり前なことを言い出す。

「明日からは、レンドール王子殿下は学生ではなくなります」

「そうね」

「王家の一員として働くことになり独り立ちするわけですから、ゼールデン王立学園での『縛《しば》り』はなくなりますわね」

「『縛り』？　まあ、学生でなくなるのだから当然だわね」

「ということは、レンドール王子殿下は今までの『学生らしいお付き合いをしましょう』という学園長の指導から解放されますわね。その目の前に、アホでお子様で無防備で無自覚のたらしで殿下の男心を煽りまくる、可愛い婚約者がいたらどうなりますか？」

「ええと……」

「惚れ直していただかなくては♡　うふ♡　なーんて言いながら、アホな婚約者ににこにこ擦り寄られたら、青春の激情をやっとのことで抑え込んでいた殿下はどうなりますか？」

「青春の激情……それは……」

うわーん、オトナな緊急事態しか浮かばないわ！

エルダは、ようやく事態を把握したわたしに頷いた。

「ということを踏まえて行動していただいてもよろしいですか、考えの足りないお嬢様。一応、結婚するまでは清い仲でいていただかないと、いろいろと面倒ですので、あまり王子を刺激しない方向でお願いいたします。ライディがぴったり貼り付いてガードするとは思いますが」

「俺の仕事を無駄に増やすのはやめてくださいねー」

壁際のライディが、やる気なさそうにひらひらと手を振った。

「なにかあって俺の責任にされそうになったら、そのまま遠慮なくトンズラして二度とお目にかかることはありませんので、そのおつもりで」

「ええっ、ライディがいなくなっちゃうの⁉　そんなのイヤよ！」

「お嬢様、動かない！」

「だって、ライディが変なことを言うんだもん、わたくしを置いて、どこかに行っちゃうなんて……イヤ……」

酷いわ、小さい時からずっとそばにいたのに、今更そんなことをするなんて。

わたしは涙目になって、鏡の中のライディを睨みつけた。

「……ライディの、ばか」

すると、彼はうろたえたように視線を泳がしてから「まったく、このお嬢様は困ったもんだ……」と額を押さえてからなにやら呟いた。

「これはアホな子ほど可愛いってやつか？　俺はそこまで趣味が悪くないはずなんだが、平和な暮らしと常識以上の『アホな子』育てに関わって、洗脳されてしまったのか……だいたい何で俺は、こんなところでいつまでも従者なんてやってるんだろう……」

「ライディ、聞こえてるわよ！　主《あるじ》に向かってアホアホ言って、お前は……」

「動かない！　お嬢様は犬よりも指示を聞けないアホですわね」

雪の女王様まで参加してきた。

「エルダ！　お前まで……」

「少し黙っててください」

わたしは膨れっつらで、黙って髪を結ってもらうのだった。


「って言われたのよ、メイリィ。ねえ、ふたりとも酷くない!?」

「うん、全っ然酷くない！　あはははは」

「メイリィィィーッ！　裏切り者！」

わたしが教室で愚痴った相手は、ピンク色の瞳に涙を浮かべて笑い転げている。全然おかしくないのに。

メイリィは今、箸《はし》が転がってもおかしい年頃なのよ、きっと！

支度を終えたわたしは、いつものようにライディを従えて登校し、式典の時間になるまで教室でメイリィ・フォードとお喋りをしていた。

「ライディもエルダも、大変よねー」

笑いが収まったメイリィがそう言って、近くで控えているライディに目配せすると、やる気がなさそうに壁に寄りかかっていた彼は『どーも』と言うように片手を上げた。

「卒業式が終わって、学園の長期休暇に入ってしばらくしたら、今度は結婚式でしょ？」

「そうよ」

「ずいぶん急ぐのね。やっぱり早く結婚しようって、ミレーヌにメロメロなレンドール王子殿下が急《せ》かしたの？」

「ええっ、そんなあ、メロメロだなんて……むしろわたくしの方がレンドール様にメロメロ……きゃ、恥ずかしい！　もうっ、メイリィったらなにを言わせるの」

わたしが両手でほっぺたを押さえながらくねくねして照れていると、ふわふわ金髪頭の可愛らしいヒロインキャラは、冷酷なデコピンを繰り出した。

「いったあい！　ホントに遠慮のない子ね、メイリィ・フォード！」

額を押さえて文句を言う。

「わたくしの賢そうな額が赤くなってしまったらどうするの？　壇上に立つというのに、みっともないじゃないの！」

「はいはい、申し訳ございませんミレーヌ様。送辞の前にそのお顔がだらしなく崩れたら、もおおおっとみっともないですからね、これは愛の鞭《むち》です」

ライディがうんうんと頷き、メイリィに向かって『グッジョブ！』と言うように親指を立てた。

「お嬢様すみません、ちょっとトンズラ……臨時休業してもよろしいですか？」

式典会場に入ってうろうろしていた時に、突然ライディが言ったので、わたしは立ち止まった。

「どうかしたの？」

「ええと、『おなかがいたくなりました』」

なにその棒読みは。絶対嘘よね。

でも、心なしか、いつも面倒くさそーでやる気のなさそーな感じでいることが多いライディが、焦ったような表情になっている気がする。

「いや、どっちかというと頭が痛いのかも」

「さぼりたいってことね」

彼の視線の先には来賓席があった。そこでは、式典に招かれたゼールデンの貴族たちや他国からのお客様たちが談笑している。ケイン様の国の人も来ているはずだ。あとは、来年から留学してくる王族がいる国の人も、ゼールデン王立学園の下見と外交を兼ねて来ているようだ。

「皆様、卒業パーティーにも参加されるのね。今年は次期国王であるレンドール様のご卒業だから、かなりの人数のお客様が他国から参加なさっているわね……あら、ライディったらもしかして」

「……もしかして、何ですか？　警備がしっかりしているし、殿下もこんな所では襲いかかってこないだろうから大丈夫でしょう。じゃあ」

「ダメよ！」

わたしは『トンズラ』しようとしたライディの服を掴んで止めた。

「さては来賓の方々の中から好みの女性を見つけたわね？　綺麗なお姫さま方がたくさんいらっしゃってるもの。わたくしを放置して口説きに行こうったって、そうはいかなくてよ！」

「はあ？」

ライディが口をぽかんと開け、わたしの隣ではメイリィがくっくっと苦しそうに笑いをこらえて身体を二つ折りにした。

「え、違うの？」

「そんなことするわけないでしょうが！　まったく、お嬢様はどこまで恋愛体質なんですか！　俺まで一緒にしないでください、失礼な」

「ちょっと、わたくしと一緒だとどうして失礼なの？　毎度のことながら、主《あるじ》に対して失礼なのはお前でしょう！　あ、ちょっと、ライディ！　話は終わっていなくてよ！」

彼は、掴まれた服をぶんっと引っ張って取り戻すと、「あーおなかいたい」と嘘っぽく棒読みで言い訳しながら姿を消してしまった。

「変なライディ」

むくれながらわたしが言うと、メイリィは「変なのはどっちよ、ミレーヌ様ったら、どうしてそういうおかしなことを思いつくのよ。ライディが可愛そうだわ、この鈍感お姫様め！」と笑いながら肘でどついてきたので、わたしもどつき返した。

「じゃあ、他にどんな理由があるの？　ライディは失礼従者だけど、突然職場放棄をするような人じゃないわ。きっと誰かに一目惚れしたんだと思うの」

「それこそあのライディの性格では有り得ないと思うけどな。あの来賓席に、顔を合わせたくない人でもいたんじゃない？」

「昔の彼女とか？　いったあい」

わたしは「恋愛体質め！」と再びメイリィからデコピンをくらって、額を押さえた。


「お取り込み中に申し訳ございません」

メイリィとじゃれていたら、見知らぬ女性に声をかけられて、わたしはその人物を見た。

「ミレーヌ・イェルバン様ですわね？　紹介もなく突然お声がけをしてごめんなさいね。わたくしはキールログ国のオデットと申します」

そこには、きらめくグリーンの瞳をして、緑がかった銀髪を結い上げた美しい女性が侍女を連れて立っていた。

キールログ国は、ケイン様のエルスタン国とは違ってここから離れた場所に位置する国で、十年近く前に国王が暗殺されてから国が荒れていたが、新国王に即位した若い国王とその弟妹の奮闘で、不穏な思想でもって国を乗っ取ろうとする貴族たち——いわゆる悪役貴族が粛清され、今は民にも住みよい安定した国となった。

その国の王族が来年から留学してくるので、下見がてら、外交にいらしたらしい。

わたしは彼女に向き直って姿勢を正し、淑女らしく穏やかな笑みを浮かべた。

「はい、わたくしはミレーヌ・イェルバンですわ。お見苦しいところをお見せいたしました」

それから「キールログ国の……オデット姫ですって？　確か国王の妹姫でいらっしゃる……」と思い至り、三十代前半くらいのその相手が、思いがけず高い身分の姫君であることに驚く。

美しい姫は、固い蕾《つぼみ》がほころぶような、優しい笑みを浮かべて言った。

「ええ、そうですわ。でも、どうぞ堅苦しくなさらないでね。ここはあくまで学び舎であり、身分にとらわれる場ではないでしょう？　身分というならば、イェルバン家はゼールデン国の高い身分の貴族で、おまけにあなたは第一王子殿下の婚約者ですしね」

「恐れ入ります」

わたしは、美しいけれど気さくな感じの姫に余裕の笑顔で答えた。

わたしは次期王妃なのだから、相手がたとえ王族でも、落ち着きのある淑女としてどっしりと構えていなくちゃならないのよ。

あら、でも、何で突然声をかけられたのかしら？

面識のない同士が紹介を受けずに会話を始める、しかも一方は他国の王族だというのはとてもイレギュラーなことなのよ。

「どうやらもう式典が始まるみたいですわね。畏《おそ》れ入りますが、あとでお時間をいただけないかしら？　このようにぶしつけにお声がけいたしましたのには訳がございまして。実は少々、ミレーヌ様にお尋ねしたいことがございますの」

「ええ、もちろんですわ。オデット様とお話ができるなんて、とても光栄に存じます。それでは、準備に行きますのでこれで失礼いたします。お話は後ほど」

オデット姫と笑顔で別れ、わたしはメイリィを連れて一番前に用意された席へと向かった。

「ねえメイリィ、とてもお綺麗な方だったわね！　お優しそうで素敵な姫君だわ。わたくし、ぜひお近づきになりたいわ」

けれど、メイリィはわたしの言葉を聞いていないような顔で「うーん……」と生返事をした。

「あの髪に、あの瞳……」

席に向かうわたしの後ろで、メイリィが意味ありげに呟いていた。


「お嬢様、今までお世話になりました。ではこれで」

式典が終わり教室に戻ろうとしたら、建物の陰からライディが現れた。そして、その後ろからはエルダが現れて、ため息をついている。

「お待ち、ライディ。『ではこれで』って、どこへ行くつもりなの？　お前が殊勝に挨拶の言葉を口にするなんて……あ、やっぱり誰かに一目惚れ……ではなく、ええと、さては不治《ふじ》の病《やまい》にでもかかったの⁉」

「アホな妄想お嬢様を置いてトンズラするのは忍びないのですが、あとはエルダが調教……躾《しつ》け……世話を引き継ぎますので、まあ、この国が潰れることはないかと思います」

「突っ込みどころが多すぎてどう言っていいかわからないけど、わたくしを置いてどこかに行くことは許しませんよ……」

わたしはにやりと笑い、ライディに触れた。

「このわたくしから逃げられるとお思い？　『守護《アミュレット》』」

その途端、わたしとライディの身体は金の光に包まれ、ふたりの間は光のリボンで繋がれた。

「ほほほほほ、これでお前がどこに行っても、簡単に居場所がつきとめられてよ。『守護』の魔法はわたくしにとってはほんのちょっぴりの魔力しか消費しませんもの、一週間でも一カ月でも一年でもお前を繋いでおけてよ、おほほほほほほーっ」

わたしの言葉を聞いて、ライディは呆然と立ちつくした。

「ああああ、何てことを!?　いくら動揺していたからといって、アホのお嬢様にしてやられるとは、俺としたことが油断した！　まさかお嬢様がこんなに賢いとは！」

「真顔でショックを受けるのはおやめ！　お前はどこまで失礼な従者なの」

せっかく気持ちよく高笑いをしていたのに、ライディに心から馬鹿にされて興《きょう》がそがれたわ！

「ライディ、お嬢様を見くびったあなたの負け……いえ、違うわね。最後に一言声をかけたいと考えたあなたの甘さ、ってことかしら」

いつも以上のテンションの低さで、クール美女のエルダが言った。

「……そうだな。俺の甘さが……未練が招いたことだ」

ふっ、と、ライディが苦笑した。

「嫌だわ、ふたりとも、どうしたの？　いつもと違って何だか真面目だわ、らしくないわよ」

と、そこへ新たな人物が加わった。

「ミレーヌ様、失礼いたします。放課後まで待っている心の余裕がございませんので、いささかマナーに反するとは思いましたがこちらに参らせていただきましたの。ごめんあそばせ」

現れたのは、式典の前に声をかけてきた美女、オデット姫だった。

「あら、オデット様！　どうなさったの？　よろしかったら、学園内をご案内いたしましてよ」

キールログ国の姫君が登場すると同時に物陰にライディが身を潜めたので、わたしは金のリボンを摑んで「ふんっ！」と引き寄せた。

「わあ」

よろめきながらライディが戻ってくる。

「まだ解雇してません。ライディ、ちゃんと従者としての務めを果たしなさい」

彼が現れるとオデット姫は息を吞み、そして瞳を潤ませながら言った。

「ああ、やっぱり！　あなた、どこへ行ったのかと思っていたら、ゼールデン国の姫の……ええと下僕、になっていいただなんて！」

「従者ですが」

「あら、ほほほ、ええそうね、下僕ではなくて従者ね。……そうよ、ミレーヌ姫の従者になっていただなんて！　どうしてわたくしたちに連絡をよこさなかったの？」

「居場所がバレたら殺されるかと思って」

「そんなわけないでしょう！　と言いたいところだけど、正直あの頃は、あなたは誤解されたあげく名前が地に落ちてめり込んでいましたものね。でも、ようやくレクラス王と協力してお前に対する誤解を解き、悪評を完全に処理し終えたのよ。だからもう国に戻っても大丈夫になったわ」

驚いたことに、オデット姫は背の高いライディの頭に手を伸ばすと「よくがんばったわね、いい子いい子」と撫で始めた。

「にょおッ」

うわ、わたしったら今ものすごい変な声を出しちゃったわ！

そして、ライディはもんのすごく不機嫌そうな顔になって、美しいお姫さまに撫でられている。

オデット姫は慈愛に満ちた笑みを浮かべて言った。

「おうちに帰っておいで、エルミライド」

「姉上、今俺は非常に気まずい状態にさせられているので、その手を引っ込めてもらえますか」

姉上ですって⁉

エルミライドって、誰⁉　ライディのことなの⁉

「お嬢様、疑問がわかりやすく顔に書いてあるのでお答えします」

あくまでも冷静なエルダが言った。

「ライディの本名はエルミライド殿下、キールログ国の第二王子で、前王暗殺事件で、反王家の貴族たちの始末を一手に引き受けたのはいいけれど、片っ端から非常に徹底的に生き生きと楽しく悪鬼のごとき笑顔でヤりまくり潰しまくり通った跡には屍が累々《るいるい》と……」

「待てエルダ、それは語弊がある」

仏頂面のライディからクレームが入った。

「まあつまり、父親を殺された怒りと国の安泰のために、あまりにも遠慮なく完璧にヤりすぎて、ビビった貴族や国民に逆に悪者にされ、国内にいるのがヤバい感じになってトンズラした王子です」

「まあ、つまりはトンズラ王子！　何てかっこ悪いふたつ名なの!?　ライディにぴったりね！」

「お嬢様、突っ込むのがそこ!?」

ライディが悲痛な声で叫ぶと、隣で傍観者に徹していたメイリィ・フォードが、身体をふたつに折って爆笑した。

「ライディ、あなた……大人になったわね」

「姉上、そんな目で俺を見るのはやめてくれ」

さすがに頭撫で撫ではやめたものの、美人お姉様に慈しむように見られたライディは居心地が悪そうに言った。

「で、ミレーヌ様、うちの弟はどうして光っているのかしら」

「ほほほほ、さすがはトンズラ王子、今回もわたくしに事情を告げずにトンズラしようとしたので、逃げられないように紐《ひも》で繋いでみましたの」

「お嬢様、俺を家畜扱いするのはやめてくれ」

「エルミライド、あなたやっぱりミレーヌ様の下僕に……」

「姉上、従者！　俺は従者ですから！　お嬢様よりも偉いんです！」

「ちょっとライディ、主《あるじ》より従者を上に置かない！　訳のわからないことを言うのはおやめ！」

どうも我が家の緊急事態らしいので、わたしは卒業式だというのに学校を早退して、寮の応接室に場所を移すことにした。

エルダがお茶を入れてくれて、わたしとライディとオデット姫とその侍女、なぜかちゃっかりメイリィ・フォードも加わり、お茶会が始まっていた。

そして、お客さんがさらにふたり。

「ミレーヌ、なにがどうなっているんだ？」

「キールログの王子がいるの？」

レンドール王子とケイン王子だ。ライディがキールログ国の『トンズラ王子』だったという話が耳に入ったらしい。

「あら、レンドール様、ケイン様、ご卒業おめでとうございます。今日はサンディル様はご一緒ではありませんのね」

「ああ、サンディルの奴は、結婚相手になりたがっている女性に囲まれて、身動きが取れないので置いてきた」

爽やかな笑顔で、今日も立っているだけでかっこいい超絶イケメンのレンドール王子が言った。

「レンドールにはミレーヌがいるし、僕と結婚するとエルスタンの王妃にならなくちゃいけないからね、女性たちはそう簡単には僕のお嫁さんになりたがらない」

美しすぎて妖精にしか見えないエルスタンの王子は、少し寂しげに言った。お伽話と違って、実際に王妃になるのはとても大変なことで、地位と名誉は得られるものの、勉強も仕事も山積みの生活を隠居するまで続けなければならないため、なかなかなりたがる女性はいないのだ。

ケイン王子に早くいいお嫁さんが見つかることを、心からお祈りするわ。

ああそれにしても、寮の応接室が眩しすぎる。乙女ゲームのキャラって、どうしてこうも美形揃いなのかしら。オデット姫も、ライディと姉弟だけあって大変な美姫だし、メイリィ・フォードは愛くるしい系のヒロインだ。オデット姫の侍女だけは普通な感じだから、ようやくほっとするわ。

さて、寮にお招きしたからにはわたしがこの場の主人《ホステス》を務めなければならない。

「さて、卒業パーティーの仕度もありますので、話を進めさせていただきますわね。レンドール様、うちのライディはどうやら、キールログ国の一大事の際に暗躍して反王家派の粛清を行ったという、第二王子らしいんですの。そして、エルダはライディと一緒に悪い貴族にお仕置きしていた隠密《おんみつ》で、成り行きで我がゼールデン国にやってきて、わたくしの従者と侍女という名誉ある職に就いていましたのよ」

クールな美人侍女のエルダは、妙にメンタルが強いと思っていたら、何と腕利きの諜報部員《ちょうほういん》だったのだ！

ライディがため息をつきながら言った。

「身分が無駄に高くて高飛車でわがままで手に負えないお嬢様の世話ができる強靱《きょうじん》な精神の人間が、もうこの国にはいなかったんですよね……」

「身元確認もそこそこにわたくしたちは雇われて、ゼールデンの皆さんに『頼むから逃げないでくれ』と拝み頼まれて、もう何年になるのかしらね……」

ライディとエルダが遠い目で呟いたので、わたしは「ええと、お前たち、なかなかよく仕えていますわよ、おほほほほ」とごまかす。

オデット姫は、レースで美しく縁取られた白いハンカチで目元を押さえながら言った。

「わたくしも、兄のレクラス王も、エルミライドひとりに陰の始末を背負わせてしまったことを申し訳なく思ってましたの。こんなにいい子がすっかり悪者にされて……」

「まあ、美しい上に何てお優しいお姉様でいらっしゃるの！　ライディ、お前は幸せ者ね」

「いや別に、俺は自分がやりたいようにやっただけだから、全然気にしてないけど」

「可愛い弟が誤解されていることがどうにも悲しくて、それで兄とわたくしは考えましたの。皆の誤解を解くため、そして真実を広めるにはどうしたらよいのかを。それが実を結んで、エルミライド、お前は今や『キールログ国の英雄』として国民に認知されているわ！　だから、帰っていらっしゃい」

ライディとエルダは顔を見合わせて「国の英雄……」「イヤな予感が……」と呟いた。

「さすがはお姉様の愛ですわね、素晴らしいわ！　どうやってライディに対する誤解を解いたのか、お教えくださいませんこと？」

「もちろんよろしくてよ、ミレーヌ様。わたくしたちは、風の便りで広がる噂は風にのせて塗り替えればいいのだと考えましたの。ですので、国中から吟遊詩人を集め、真実を歌にして彼らに伝え、キールログ中で歌わせましたのよ」

オデット姫はそう言って、侍女に向かって「さあ、ミレーヌ様にお聞かせして」と指示を出した。

「この子はとても歌が上手なのですよ」

「歌？」

わたしが首をひねっていると、オデット姫の侍女が「それでは失礼いたします」と一歩前に出て、大きく息を吸った。

『たーたーえよ〜そのいさおしを〜よこしま〜なるものたちを〜せいぎの〜つるぎで〜』

澄んだ美しい声で朗々と歌う侍女。歌詞が心に染み渡ってくる。さっきまでの平凡な姿とは別人のように、その場の視線を引きつけて離さないカリスマ性を放っている。

この子だけは普通のキャラだと思っていたのに、とんでもないスキルを持っていたのね！

その歌は、前王を無残に殺しためっちゃくちゃ悪い奴を倒すクールな第二王子の大活躍を詳しく語り、聞いた者の心にはキールログのヒーローへの感謝と憧れが湧いてくるようなものだった。

『あーあーあ〜ただ〜こうやに〜たたずむ〜みーどーりに〜かがやく〜うつくしき〜かみ〜の〜おうじ〜われらの〜ほこり〜かがやける〜ほし〜』

うわあ、どうしよう、このヒーローはすごくかっこいいんだけど、それってやっぱりうちの失礼従者のこと？

やだわ、ライディを見る目が変わって、わたくしとしたことがうっとりしちゃうじゃない！

「ぶふッ！」

メイリィ・フォードが、とうとう耐え切れずに噴き出した。

「お願いだからもうやめてくれ！　許してくれ！　頼むからもう、これ以上は……やめて……」

ふかふかの応接室の絨毯に膝を突き、頭を抱えるライディ。そして、その横では「何という悪夢……何という辱《はずかし》め……」と、今まで見たことのないような驚愕《きょうがく》の表情でエルダが震えていた。

『つきしたがうは～きんのひかりに～つつまれる～うるわしの～おーとーめ～』

出たー、美女エルダも登場だ！

『エルダ～エルダ～おお～うつくしの～おとめ～エルダ～エルダ～エルダ～』

あ、名前を連呼されてしまったわね！

「いやあああああああっ！」

悲痛な声を上げ、その場に崩れ落ちるエルダ。

『あ～すばらしき～キールログの～ほこり～さすらいの～ゆうしゃあああ～』

いよいよ歌が盛り上がってきた！

ひーひー苦しそうな声を出して笑い転げていたメイリィも、涙でいっぱいの瞳で「死ぬ！　もう死ぬ！」と悲鳴を上げて、とうとう絨毯に膝を突いた。

『たたえよ～たたえよ～そのなをうたえ～エルミラアアアアアアアイド！　エルミラアアアアアアアアイド！』

『せいぎはここに～エルミラアアアアアアアアアイド！』

オデット姫が加わって、ここからデュエットになった！

『われらが～ほこり～われらが～ゆうしゃ～おーおーじーうぉう～うぉう～うぉう～エルミラアア

アアアアアアアアアアアアアアアアイド！』

シャウトしながら天を仰ぎ、ふたりは全身で歌い切った！

『……フゥゥゥゥゥゥゥゥゥ……』

そしてラストは余韻が残る美しいハーモニーで、美しく気高い勇者の姿を現していた。

「うわあああああああああああ、こんな歌がキールログ中で歌われているというのか⁉　これは帰れない、俺は絶対に帰れない！　もう一生キールログの地に足を踏み入れられない！」

ライディは絶叫し、いつも冷静なエルダは「こんなことって！　何て恐ろしい……ダメだわ、わたくしは名前を変えよう、もうエルダとは名乗れない、名乗りたくない！」とうつろな瞳で呟く。

「ぐふッ！　エ、エルミラアアアアあはははははははは！」

メイリィ・フォードは完全に絨毯に沈み、お腹を抱えて笑い転げていて、そこには乙女ゲームのヒロインの愛らしさなど微塵《みじん》も残されていなかった。

「ライディがそのような素晴らしい活躍をした王子だったとは……すっかりお見それした！」

王子エルミライドの献身的な活躍に心を打たれたらしいレンドール王子は、頭をゆっくりと振り、そしてライディを尊敬の眼差《まなざ》しで「エルミライド王子よ……」と見つめた。

「素敵な歌だね。とても心に残るし、僕はもうサビの所を覚えたよ」

妖精の王子様も大変感銘を受けたようで、瞳を輝かせて言った。そして、歌い出した。

『エルミラアアアアアアアアイド』

『エルミラアアアアアアアアイド』

ケイン王子が透明な声で口ずさむと、侍女がすかさずハモった。初めてデュエットするとは思えないほどの美しいハーモニーが奏でられて、皆は「ほおっ……」と聞き惚れた。

ライディとエルダを除いて。

「くっ、その歌を他国に流すのだけは、やめてくれ！　せめて、それだけは……」

『エルミラアアアアアアアアアイド』

部屋に美しい歌が響く。どうやらエルスタン国でもこの歌が流行ることになりそうだ。

ライディとエルダの心が完全に折れた瞬間だった。

「……」

「……」

「ふたりとも、これからパーティーに行くというのに、辛気くさい顔で仕度を手伝うのはおやめ！」

レンドール様の見立てで、黄色地に金糸の刺繍が施されたふんわりしたドレスに、サファイアブルーの宝石の装身具を身に着けたわたしは、オデット姫の『エルミライドの名誉挽回作戦《めいよばんかいさくせん》』にショックを受けて無口になってしまったふたりを叱咤《しった》した。

オデット姫は、エルミライド王子とエルダに帰国してほしがっていたのだが、ふたりは「国民の間でその歌がすたれるまで、絶対に戻らない！」と断固拒否をして、結局このままゼールデンでわたしの側付きとして暮らすことになったのだ。

仕度を終えたわたしは、寮まで迎えに来てくれたレンドール王子の手を取った。黒に近い深い紫色の正装を身に着けたレンドール王子の凜々しさに、改めて惚れ直してしまう。

ああ、何てかっこいいの！　さすがはゲームで一番人気のイケメンキャラね。

「ミレーヌ、今夜のお前は何て美しいのだ。このままどこかへさらってしまいたくなる……卒業したのだから少しぐらい……」

「味見はしないでくださいね。結婚までは清い関係でいてもらいます」

「それがパートナーに対する本当の愛情ですわ。殿下、よろしいですか？」

条件反射で瞬間的復活をしたライディとエルダに釘を刺されて、レンドール王子は「くっ……！」と悔しげな顔をする。

って、レンドール様、なにをする気だったの⁉　ねえ⁉


そして、卒業パーティーは盛況に終わり、卒業生は社会人として学園から旅立った。レンドール様もこれからは政務に加わり、いよいよ国王となる準備を始める。長期休みに入ったら、今度はわたしとの結婚式だ。

「これから忙しくなるのだから、お前たちもしっかりとわたくしの世話を……もう、そんな顔をしないの！　しっかりなさい！」

わたしは、ダンスの時に『キールログの名曲』として『エルミライドの歌』が演奏されたのを聞き、「終わった……」と、より一層げっそりとしてしまったライディとエルダを叱咤したのだった。

異世界で恋をする♥ときめく女の子のためのSWEET恋愛ファンタジー

Jパブリッシング　http://www.j-publishing.co.jp/fairykiss//

悪役は恋しちゃダメですか？

著者　葉月クロル　

2018年4月5日　初版発行

発行人　神永泰宏

発行所　株式会社Ｊパブリッシング
〒102-0073　東京都千代田区九段北1-5-9 3F
TEL 03-4332-5141　FAX03-4332-5318

製版　サンシン企画

印刷所　中央精版印刷株式会社

ISBN：978-4-86669-089-6
Printed in JAPAN